승리의 순간에
함께합니다

승리의 순간에 함께합니다

초판 1쇄 인쇄 2026년 3월 18일
초판 1쇄 발행 2026년 3월 26일

지은이 정우영
펴낸이 이범상
펴낸곳 (주)비전비엔피 · 애플북스

책임편집 한윤지
기획편집 차재호 김승희 김혜경 박성아
디자인 김혜림 이민선 인주영
마케팅 이성호 이병준 문세희 이유빈
전자책 김희정 안상희 김낙기 이윤호
관리 이다정
인쇄 위프린팅

주소 우)04034 서울시 마포구 잔다리로7길 12 (서교동)
전화 02)338-2411 | **팩스** 02)338-2413
홈페이지 www.visionbp.co.kr
인스타그램 www.instagram.com/visionbnp
이메일 visioncorea@naver.com
원고투고 editor@visionbp.co.kr

등록번호 제313-2007-000012호
ISBN 979-11-996607-4-8   03810

승리의 순간에 함께합니다

스포츠 캐스터 정우영의 '중계의 언어'   정우영 지음

애플북스

이성훈

SBS 기자

처음 인사한 지 20년 가까운 세월이 흘렀지만, 정우영 캐스터는 별로 변한 게 없다.

군살이 안 붙었고, 중저음의 보이스는 신기할 정도로 20년 전과 비슷하다. 주량도 여전히 방송계 평균 이하이고, '생활 유머 감각'도 여전히 아쉽다.

하지만 마이크를 잡으면 사람이 완전히 달라지는 것도 그 때랑 똑같다. 피곤에 절어 있을 때도 카메라가 켜지면 과자 선물을 받은 어린이처럼 신나는 눈빛으로 변하는 것도 똑같다. 눈앞에 펼쳐지는 플레이를 리그의 상황과 시대의 흐름이라는 맥락에 맞게 해석해 가장 효과적인 표현으로 묘사하는 능력은 20년 전보다 더 나아진 듯하다.

야구를 사랑하는 21세기 한국인에게 야구가 밥이라면, 정우영의 목소리는 김치 같은 존재가 아니었을까. 이 책은 긴 세월 동안 맛있게 익어 온 김치의 자기 고백이자, 앞으로도 맛있을 거라는 다짐이다.

이순철

SBS 해설위원

인간 정우영은 방송에 나오는 번듯한 모습과는 완전히 다르다. 모든 게 어설프다.

일례로 내가 본 모든 사람들 중에 고기를 가장 못 굽는다. 골프도 그렇다. 그냥 어설프다. 웃음의 포인트도 일반적이지 않다. 혼자만 한참을 키득거려서 왜 웃는지 물어보면 시답잖은 이유로 폭소를 터뜨리고 있다. 한마디로 일반적이지 않다. 이런 그가 책을 쓴다고 해서 혼자만 재밌어하는 글을 쓸 것 같아 걱정했는데 읽어보니 야구 팬이라면 모두 재밌어할 것 같아 다행이다.

여러분도 우리나라 최고 캐스터의 희로애락을 이 책과 함께 느껴보기를 권한다.

동운 임주완

제3대 전국아나운서연합회 회장, 제1대 MBC 전국아나운서협의회 회장

아나운서란 찰나의 순간에 인격과 품격을 담아 '내뱉는 한 소리'로 승부를 보는 직업입니다. 20여 년 전, K-1 중계 현장에서 나의 곁을 지키던 신인 정우영을 보며 '그는 반드시 세상에 빛나는 진주가 될 것'이라 확신했습니다. 모진 풍파와 구절양장의 고비마다 꿋꿋한 의지로 자신만의 길을 개척해, 이제는 찬란한 빛을 발하는 대(大) 아나운서로 우뚝 선 제자의 모습이 정녕 감격스럽습니다.

마이크와 더불어 반평생을 살아온 선배로서, 그가 걸어온 길은 곧 나의 추억이자 흔적이었습니다. 80세가 넘은 선배의 길을 고스란히 뒤따라와 준 그의 발자취가 나의 체온처럼 따스하게 다가옵니다.

구슬이 서 말이어도 꿰어야 보배이듯, 허공 속의 메아리로 흩어질 수 있는 중계의 언어들을 주옥같은 기록으로 엮어낸 이 책은 후배들에게는 귀한 길잡이가 되고 독자들에게는 희망의 사과나무가 되어줄 것입니다. 캐스터로서의 본분을 보물처럼 엮어낸 이 기록이 많은 이들에게 깊은 울림을 주리라 믿어 의심치 않으며, 의연하게 나아가는 제자의 열정을 기쁜 마음으로 추천합니다.

추천사

1부
—
'우승콜을 말씀드립니다!
아이고!'

2부
—
'국가대표'

3부
—
'말'의 중요성

4부
—
'회사원'

중계방송은 실수의 연속이다.

나의 2025년 중계방송의 시작은 2024년 우승콜의 실수부터였다.

"아이고. 네?"

그때 나는 진짜 이렇게 말했다.

그리고 2025년의 마지막은 무적시대를 선언했다.

아무 일이 없던 것처럼.

'우승콜을 말씀드립니다!
아이고!'

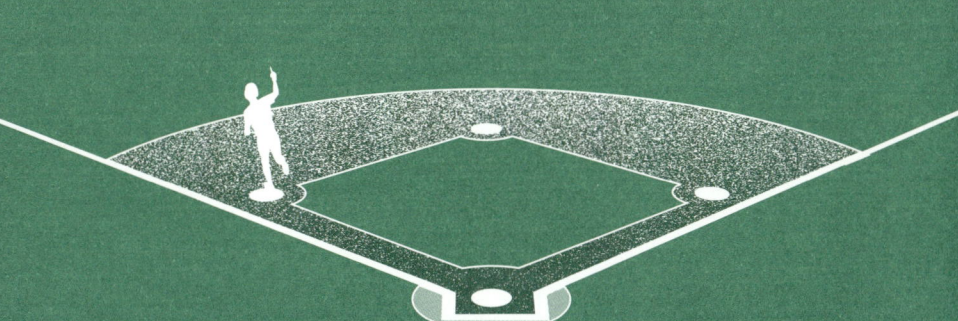

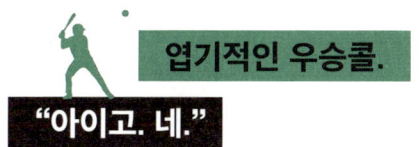

"아. 제가 크게 좀 잘못 말씀을 드렸군요. 아 예예, 삼성이 지면서 지금 (기아 타이거즈가) 우승을 했습니다. 아이고. 네."

머리가 하얗게 변했다. 아무런 생각도 나지 않았다.

2024년 9월 17일, 인천 SSG 랜더스 필드.

나는 기아 타이거즈의 우승 확정 순간, 경우의 수를 착각했다. 위에 써놓은 멘트는 당시 내가 했던 바로 그 이야기다. 내 이런 큰 실수는 무려 정규시즌 우승콜이 되어버렸다.

당시 기아 타이거즈는 SSG 랜더스와 경기를 치렀고, 같은 시각 2위 팀 삼성 라이온즈는 두산 베어스와 경기를 했다. 기아 타이거즈가 이기거나 두산 베어스가 이기면 기아가 매직

넘버(우승까지 필요한 승 수)를 지우면서 우승을 차지하는 매우 간단한 경우의 수였다. 두 가지 중 하나의 이벤트만 벌어지면 기아 타이거즈의 우승.

당연히 경기 전날부터 이를 알고 있었고, 만일 우승이 확정될 경우 어떤 이야기를 해야겠다는 구상까지 마무리를 한 상태였다. 이 경기에서 가장 중요한 점은 경기 결과가 아닌 기아 타이거즈의 우승 여부였기 때문에 경기 중반까지도 이에 대해서 계속 생각을 하고 있었다.

그런데 정작 상황이 벌어졌을 때 엉뚱한 소리를 했다. 랜더스 필드의 3루 원정 관중석이 웅성웅성거리는 순간부터

'기아가 우승했구나.'

라는 생각을 직감적으로 했어야 했다. 그러나 나는 그러지 못했다.

"아. 제가 크게 좀 잘못 말씀을 드렸군요. 아 예예, 삼성이 지면서 지금 (기아 타이거즈가) 우승을 했습니다. 아이고. 네."

몇 번을 복기해봤지만 대체 어느 순간부터 내 머릿속에서 상황이 꼬여서 저런 멘트를 했는지, 지금까지도 그 이유를 알지 못한다. 이 실수는 내가 스포츠 캐스터로 살아온 22년 동

안, 또 야구 캐스터로 살아온 19년 동안 했던 것 중에 가장 큰 실수였다.

이 실수 이후, 나는 패잔병이 됐다.

좀비가 됐다.

숨은 쉬고 있지만 쉬는 것 같지 않았고, 밥을 먹어도 아무런 맛이 느껴지지 않았다.

실수 이후 며칠, 나는 살아있으나 살아있는 게 아니었다.

'잠이 보약이다.'

이 옛말은 매우 진리에 가깝다. 나는 '잠'을 매우 신뢰한다.

추후에도 이에 대해 이야기하겠지만, 중계방송은 실수의 연속이다. 좋은 중계방송은 계속 나올 수 있는 그 실수를 얼마나 최소화하느냐의 싸움이 된다. 당연히 하루의 일과가 끝나면 실수에 대해서 생각하게 되고, 황당해서 잠을 이루지 못하는 '이불킥' 급 실수를 하는 날도 시즌을 치르다 보면 몇 번은 있다. 그런 날도 '잠'은 마법을 발휘한다. 아무리 잠 못들 일이라도 일단 자고 일어나면 전날의 실수는 희미해진다. 잠은 이렇게 새로운 하루를 시작하는 힘을 준다.

하지만 이번만큼은 조금 달랐다. 며칠을 자고 일어나도 계속 그날의 실수가 떠올랐다.

계속 이 실수에 대한 생각이 나를 떠나지 않고 괴롭혔다. 잠도 소용이 없던 악몽 같던 며칠이 지났다.

일주일쯤 됐을까? 그나마 '시간이 약'이라고 악몽에서도 조금은 깨어나고 있었다. 그때부터는 애써 태연한 척하기 시작했다. 아무 일도 벌어지지 않았던 듯, 그냥 넘어가려 했다. 하지만 벌어진 일을 벌어지지 않았다고 생각하는 것은 매우 어색했다.

"나이가 들어서 집중력이 떨어졌다."

그러는 와중에 한 동료가 내 앞에서 이렇게 말했다. 나는 인정하지 않았다. 아니 인정할 수 없었다는 게 맞을 것이다. 이 쓰린 한마디에 날카로워졌고 서로 간의 목소리가 높아졌다. 나는 악몽에서 깨어났다고 생각했지만 그게 아니었다. 당시의 나는 내 실수에 가해지는 비판도 받아들일 준비가 되어 있지 않았다.

포스트시즌이 시작됐다.

야구는 남의 사정을 기다려 주지 않는다. 야구는 언제나 이랬다. 심신이 완전히 어긋난 상태에서 맞이한 2024 포스트시즌. 오로지 머릿속에는 그 실수를 만회하겠다는 생각뿐이었다.

포스트시즌 중계방송 내내 목소리가 높았고, 자연스럽지 않았다. 그나마 시작은 괜찮았다. 와일드카드 결정전에서 처음 5위 팀이 4위 팀을 꺾는 '업셋 시리즈'가 나왔을 때,

"거대한 마법이 잠실을 휘감습니다."

이 한마디가 지난 가을, 유일하게 내 마음에 든 콜이다.

나머지는 싹 다 마음에 들지 않았다. 특히 윗 단계로 올라갈수록, 또 기아 타이거즈가 우승의 순간에 다가갈수록 '실수를 만회하겠다'는 생각은 거의 강박이 됐다. 나는 스튜디오에서 녹화중계방송을 하면서 기아 타이거즈의 우승 순간을 마주했는데, 지금 봐도 부끄러움 뿐인 순간이다. 계속 고함만 지르고 있었다. 내가 원했던 것은 저런 게 아닌데.

2024년 야구 시즌의 후반부가 내게 남긴 것은 오직 마음의 상처였다. 문제는 그 상처가 내 실수에서 비롯된 것이었다는 사실이다.

그간 방송을 해오면서 불안감이나 실수를 씻어내는 방법은 그냥 방송을 계속 하는 것이었다. 실수를 했을 때, 바로 다음 날 마음에 드는 방송을 하면 전날 했던 실수를 잊었다. 항상 그래왔다. 하지만 지난해 실수는 달랐다.

내 자신도 이해할 수 없는 실수였고, 용납하기 힘든 큰 실

수였다. 어떻게든 포스트시즌 중계방송으로 그 실수를 만회해 보려 했지만 만회가 되지 않았다. 시즌이 끝날 때까지 마음에 드는 방송이 나오지 않았던 것이다.

'그만둘까?'

결국 나는 이 일을 그만둘 생각을 하게 됐다.

존경하는 한 선배 캐스터는 육상 중계방송을 하다가 레인을 착각하는 실수를 저지르고 더 이상 지상파 방송에서 마이크를 잡지 않으셨다고 했다. 혹시 내 실수가 그 선배 캐스터와 비슷한 큰 실수가 아니었을지 고민했다. 아니. 내가 생각했을 때는 그보다 크면 컸지 작은 실수로 느껴지지는 않았다.

야구 시즌을 마치고 내가 담당하는 종목은 오로지 스피드 스케이팅 밖에 남아있지 않았던 11월과 12월. 나는 내내 이 일을 그만둘지 말지 고민했다.

'그럼 뭘 하면서 남은 여생을 살아야 하지?'

배운 것이 도둑질이라고 했다. 아마 회사를 그만두어도 나는 방송은 계속하게 될 것이다. 먹고 살기 위해서 말이다. 그러나 사정을 모르는 사람들은 내가 '프리랜서'를 선언한다고 할 것이었다.

솔직히 '프리랜서'에 대한 자신감이 없는 것은 아니었다. 방송 실력으로만 생각하면 지난 22년 동안 생방송으로 다져

진 내공이 다른 프리랜서 남자 아나운서에 비해 못하지는 않다는 자신감도 있었다. 또 운 좋게 일찍 이 일을 시작하면서 지금까지 차곡차곡 쌓아온 이름값도 다른 아나운서와 비교했을 때 그렇게 부족하다는 생각을 하지 않았다. 몇 년 전부터 주변에 이에 대해 이야기하는 사람도 있었다. 특히 아시안 게임이나 올림픽 같은 종합대회가 끝나면 프리를 부추기는 사람이 많았고, 구체적인 조건을 제시한 사람도 있었다. 그런데 나는 그때도 꿈쩍하지 않았다. 그런데 하필 지금?

찜찜했다.

'나는 지금 도망치려는 건가?'

왠지 지금 그만두면 그 실수를 핑계로 이 일에서 도망치려는 사람으로 비칠 것 같았다.

하루에도 몇 번씩 생각이 바뀌었다. '그래. 그만두자.' 생각하다가도 고개를 돌리면 '지금까지 20년 동안 해온 게 아깝지도 않아?' 그러다가 또 고개를 들면 '그런 실수를 했다는 건 너도 이제 다 됐다는 거야.' 그리고 고개를 숙이면 '야, 근데 억울하잖아. 잘한 것도 그렇게 많은데.'

하루에도 수십 명의 '정우영'이 내게 말을 걸어왔다.

'그만둬.' '아깝다.' '오래 했어.' '그깟 실수 할 수도 있지.'

그날도 그런 평범한 하루였다.

나는 아침 출근을 이르게 하는 편인데 아무도 출근하지 않은 아나운서실에서 휴대폰을 확인하다가 SNS에 다이렉트 메시지가 한 통 도착해 있는 것을 확인했다.

이상했다. 나는 지인이 아닌 사람의 다이렉트 메시지는 전달되지 않도록 설정해두었다. 지인들은 주로 문자나 '개인 메시지'로 연락하지, SNS의 DM으로 연락을 하지는 않는다.

'누구지?'

의아해 하며 다이렉트 메시지 함을 열어봤는데 모르는 이름이 보였다. 주소록에 이름을 검색해 봐도 역시 모르는 이름. 메시지를 읽을까 말까 한참을 고민했다.

사실 DM을 읽지 않는 것은 내 멘탈 관리 방법 중 하나였다. 작은 일에도 굳이 찾아와서 욕을 해대는 사람들이 있는데, 그들은 피하는 것이 상책이라는 것을 깨달았기 때문이다. 그럼에도 없는 길을 뚫고 나에게 닿은 이 메시지를 어떻게 처리해야 할까? 고민하다가 결국 메시지를 열었다.

"안녕하세요. 정우영 캐스터님. 저는 ○○에 살고 있는 ○○○라고 합니다.

얼마전 SNS에서 실수에 대한 자책을 하시는 것을 보면서 혹시나 다른 생각을 하실까봐 말씀을 드리려고 합니다.

저는 2024시즌 정우영 캐스터님의 중계방송이 이전 그 어느 시즌보다 좋았습니다.

한두 번의 실수가 2024 시즌 정우영 캐스터의 중계 전체를 대표할 수는 없다고 생각합니다. 제가 감히 이런 메시지를 드리는 이유는 제게 남아있는 날이 얼마 없기 때문입니다.

저는 큰 수술을 앞두고 있습니다. 지금까지 이 병과 싸운다고 싸워왔는데 이제는 지치네요. 이렇게 지칠 때마다 올해 특히 정우영 님의 목소리를 들으면서 힘을 냈습니다.

아직 많은 날이 남아있는 사람들을 위해서 오래도록 목소리를 들려주셨으면 좋겠습니다."

사실 나는 티를 많이 냈다고 생각하지 않고 있었다. 중계 당일 기아 팬들에게 큰 실수 죄송하다는 글을 SNS에 올린 것이 전부였고 이후에도 이 실수에 대해 실망한 기색을 크게 내비쳤던 적이 없다고 생각했다. SNS에 글을 올리는 빈도가 조금 줄어든 것 같기는 하지만 이게 그렇게 풀 죽은 티가 났던 걸까?

몇 번이나 메시지를 읽고 또 읽고 다시 읽었다. 눈물은 흘리지 않았지만 뭔가 뜨거운 것이 솟구쳤다. 가슴도 머리도 모두 뜨거웠다.

"안녕하세요. 먼저 격려 진심으로 감사드립니다. 큰 힘이 됐습니다. 선생님께서 어떤 병에 걸리셨는지는 모르지만 멀리서 쾌유를 기원하겠습니다."

이후 이분과 몇 차례 더 메시지를 주고 받았다. 수술을 앞두고는 이런 메시지를 주셨다.

"마지막이 될지 모르는 수술입니다.
그래도 올해 애들이 커서 아이들과 함께 야구장에 갔던 순간이 떠오르네요.
인생은 여행이라고 하는데 정우영 캐스터님도 남은 인생 멋진 여행되시기 바랍니다."

나는 이 글을 읽고 며칠 동안 그의 다음 메시지를 기다렸다. 일주일 가까이 지나 그에게 메시지를 보냈지만 그는 메시지를 읽지 않았다. 한 달쯤 지난 것 같다. 그리고 드디어 그의 메시지가 도착했다.

"다행히 수술이 잘 끝났습니다. 얼마나 더 오래 할 수 있을지는 모르지만 저도 이 여행을 계속할 수 있게 됐습니다."

지난 2025 시즌, 나는 그와 그의 가족을 야구장에서 만나기 위해서 계속 연락했지만 그는 더 이상 내 메시지를 읽지 않았고, 얼마 후 계정이 사라졌다.

그만둬야 하는지 고민하고 있을 때, 따뜻한 말과 격려로 큰 위로를 해줬던 그분은 과연 누구였을까? 내가 스무 번째 야구 시즌을 맞이하게 된 데에는 이분의 영향이 가장 크다면 크다고 할 수 있는데, 이후 그의 흔적조차 남지 않아서 아쉽다.

그저 그의 여행이 행복하기를 바랄 뿐이다.

야구와 함께 말이다.

LIVE

시청률의
노예

중계방송을 마치면 살짝 흥분이 되어있는 상태다.

특히 연장 승부나 끝내기 승부가 나오면 흥분감은 더 커진다. 중계를 마치고 집으로 돌아오거나 출장지의 숙소로 들어가더라도 흥분 상태는 계속 이어진다.

요즘은 여기저기서 도파민에 대해 많이 이야기를 하는데, 예전에는 아드레날린 이야기를 많이 했다. 뭐가 도는지는 정확하게 몰라도, 도파민이든 아드레날린이든 머리와 몸에 계속 돌고 있다는 것을 느낄 수 있다. 왜냐면 밤이 깊어질수록 정신이 더 맑아지거든.

'말똥말똥'

그럴 땐 침대에 누워도 아주 머리가 맑다. 심지어 혼자 누워서 천장을 보면 머리가 더 맑아진다. 그러다 보면 잠이 드는 시간은 기본적으로 새벽 2시~3시다. 다른 캐스터들은 어떨지 모르겠지만 나는 그렇다. 연장이나 끝내기가 나오는 날은 자리에 눕는 시간이 기본 새벽 2시~3시다.

그런데 이건 아무것도 안 하고 집이나 숙소로 돌아올 경우이고, 만일 배가 좀 고파서 뭐라도 먹거나, 혹은 맥주라도 한 잔하게 되는 날이면 취침 시간은 더 늦어진다. 보통 3시에서 4시 사이에 잠들게 된다.

이것도 물론 내 경우다. 나는 배가 꺼진 이후에 잠을 자야 하기 때문이다. 3, 40대에 습관적으로 소화가 안 된 상태에서 잠을 자다가 위궤양을 얻었다. 그래서 무조건 마지막으로 무언가 입에 들어간 이후 한 시간 동안 산책을 하고 들어온다. 그러면 또 잠이 안 온다. 몸은 피곤한데 머리는 맑고, 잠은 안 온다. 이것 참 최악이다.

정리하면 이렇다.
접전 승부, 끝내기, 연장 승부가 나왔을 때
1. 식사를 하지 않을 경우 취침 시간: 새벽 2~3시
2. 식사나 회식을 할 경우 취침 시간: 새벽 3~4시

그럼 나는 몇 시에 일어나게 될까? 무슨 일이 있어도 저절로 눈이 떠지는 시간이 있다. 아침 7시 58분이다. 무섭고 신기하고 신비롭고 슬프게도 나는 이 시간에 자동으로 눈이 떠진다. 시청률 표가 오전 8시에 도착하기 때문이다.

나는 시청률 표의 노예다.

나는 원래 잠을 잘 잔다. 그냥 '잘 잔다'의 정도가 아니다. '잠'은 나에게 가장 자신 있는 행위다. 어느 정도냐면 솔직히 스포츠 방송보다 자신 있다. 집에서도 밖에서도 차에서도 심지어 비행기에서도 뒤통수가 어디든 닿기만 하면 잠이 든다.

출장길에 모두가 놀랐던 일이 있었다. 내 첫 미국 출장이었는데 목적지는 라스베이거스였다. 나는 인천에서 엘에이 공항까지 열두 시간을 쭉 잤다. 도착해서는 차를 렌트해서 라스베이거스까지 이동했는데 길이 많이 막혔다고 한다. 대략 여섯 시간 정도 걸렸다고 했다. 나는 그 이야기를 그렇게 들을 수밖에 없었다. 그 여섯 시간을 내리 잤기 때문이다. 함께 이동했던 피디 두 명과 해설위원은 내 잠에 혀를 내둘렀다. 라스베이거스의 숙소는 지금은 없어진 유서 깊은 호텔 스타더스트였는데 밤에 도착했다. 도착해서는 또 잤다. 덕분에 미국 도착과 동시에 나는 완벽하게 시차 적응에 성공했다.

브라질, 러시아, 뉴욕, 마이애미 등 장거리 출장에서 내 잠은 어김없이 위력을 발휘했다.

평소 야구 경기가 없을 때의 내 일상은 매우 규칙적이다. 출퇴근을 하는 날에는 밤 11시에 잠들어서 6시 반쯤 일어나고, 쉬는 날도 밤 11시면 어김없이 잠들어서 아침 8시에서 9시 정도까지 숙면을 취한다. 정말 잘 잔다.

그런 내가 중계방송을 하는 날이면 바뀐다. 늦게 잠드는 것도 잠드는 건데, 눈을 뜨는 시간이 아침 7시 58분으로 고정된다. 몇 번은 테스트도 해봤다. 새벽 5시에도 자봤고, 6시에 잔 적도 있다. 그래도 7시 58분에 눈을 떴다.

눈이 떠지는 순간 온갖 감정이 다 들었다. 이 상황이 슬프고, 처량하고, 웃겼다.

'야, 진짜 너 노예구나.'

다행인 점은 시청률 표를 확인한 뒤 다시 잘 잠든다는 것이다. 그래서 8시간 수면은 무조건 채운다.

20년을 야구가 있는 날은 시청률의 노예로 살았다. 그럼 이 생활이 싫은 건가? 그게 아니다. 나도 이 상황을 즐기고 있다는 게 문제라면 문제랄까? 이기면 이겨서 즐겁고, 지면 지는 대로 나 자신을 채찍질한다. 물론 같은 경기를 여러 방송사가 중계방송을 하는 날에 내가 한 방송의 시청률이 타사에 비해 잘 안 나왔을 경우 잠이 확 깨기는 하지만, 이런 생활을 오래 하다보니 졌을 때 마음을 다잡는 방법을 알아버렸다. 물론 이 겼을 때 들뜨지 않는 방법도 조금씩 깨우쳤다.

언젠가 마이크를 내려놓는 날이 온다면 아마 아침 7시 58분에 도착하는 시청률 표가 가장 그리울 것이다. 나는 야구 방송에도 중독되어 있지만, 그 이후 매일매일 이어지는 시청률 승부에도 중독되어있는 것일지도 모르겠다.

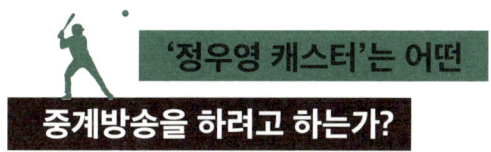

'정우영 캐스터'는 어떤 중계방송을 하려고 하는가?

처음에 받았던 집필 의뢰는 '정우영의 중계방송 언어'에 대한 책을 써달라는 것이었다. 고민을 해보니 내 중계 언어는 다른 사람들과 비교해서 그리 뛰어난 게 없었다. 나의 언어라고 해봐야 일상어이고, 최대한 일상 언어에 가깝게 해보자는 생각으로 방송하고 있으니 말이다.

발성도 마찬가지다. 나는 마이크를 믿는다.

내 목소리가 좋은지 어떤지 알지 못한다. 원래 사람들은 자신의 목소리를 모른다. 다만 내 목소리가 마이크를 거쳐 스피커로 흘러나왔을 때, 조금은 근사하다는 생각이 들 때가 있다. 처음 이 생각이 든 것은 중학교 졸업식 때였다. 나는 졸업생 대표로 '답사'라는 것을 읽었다. 2학년 때도 졸업생을 보내는 '송사'를 읽었는데, 그때는 마이크를 통해서 나오는 내 목소리가 좋다는 생각을 못 했다. 중학교 3학년 때 변성기가 끝나면서 목소리가 많이 안정됐던 건지 '답사'를 읽을 때 스피커를 통해 나오는 내 목소리가 나름 괜찮다고 생각했다.

마이크를 믿으라는 말은 대선배이자 방송 스승인 임주완 캐스터의 가르침이다.

처음 만났을 때 그는 나에게 '아에이오우' 발성을 해보라고 했다. 그때 나는 마치 연극배우나 성악가 같은 발성을 했던 걸로 기억한다.

"지금 정우영 씨가 한 발성은 1970년대에도 하지 않던 발성이야. 우리는 무대에서 마이크도 없이 관중에게 직접 말하는 그런 직업이 아니예요. 우리 앞에는 '마이크'가 있어요. 방향만 맞으면 낮게 속삭여도 그대로 마이크에 들어가요. 마이크를 믿도록 해요."

그는 이렇게 말하고 시범을 보였다. 뉴스 원고를 자연스럽게 말하듯, 낮은 목소리로 '그저' 읽었는데 '그냥' 뉴스가 됐다.

스포츠 중계도 마찬가지. 그가 평상시 말하는 톤으로

"시청자 여러분 안녕하십니까!"

라고 한마디를 던졌을 뿐인데 오프닝이 됐다. 그때부터 나는 마이크와 친해지기 위해서 노력했다.

샤우팅? 그래. 샤우팅에 대해서도 이야기해 보자.

'정우영 캐스터'를 대표하는 게 뭘까? AI에 물었다. 가장 먼저 나온 게 '샤우팅'이었다. 이상하다. 나는 샤우팅이 내 장기라고 생각한 적이 별로 없다. 목소리 톤은 상황에 맞게 오르내릴 뿐이고 고함을 지르는 타이밍은 한 경기에서도 두어 번, 많으면 서너 번이다. 억지로 텐션을 올려서 방송을 하는, 소위 말하는 '억텐'도 A매치 정도를 제외하고는 하지 않으려고 한다. 나는 언제나 평상시처럼 말하기 위해 노력하고 있다.

가끔 파울 타구에 대해서 말할 때 목소리 톤이 높아지기도 한다. 나도 할 말이 많다.

"왜 파울인데 저렇게 큰 소리를 지르죠?"

이런 질문을 받는다면 되묻고 싶다.

"축구에서 '중거리 슛!'은 그럼 들어갈 것만 미리 알고 골라서 소리를 질러야 하나요?"

선상 타구가 파울이 되고, 홈런이 되는 것은 인간이 순간 판단할 수 없는 영역이다. 그 가운데서 나는 내가 할 일을 할 뿐이고.

요약하면 평상시의 대화, 평상시의 말투, 평상시의 톤을 가지고 경기 상황에 따라서 목소리를 키웠다 줄이는 것이 내가 추구하는 중계방송이다. 그중에 지금까지 회자되는 멘트 몇 가지가 남았다면 그건 그동안 많은 말을 했다는 것일 뿐, 언젠가부터 나는 뭔가 특별한 것을 만들어 내려 하지 않고 있다. 이 이야기는 추후 다시 하도록 하자.

물론 긴 시간을 끌고 가는데 염두에 두는 것은 있다.

나는 야구 중계방송이 야구 이야기만 주구장창 늘어놓는 것보다 인생의 이야기가 됐으면 좋겠다고 생각한다. 그래서 가끔은 야구장에서 아는 노래가 들려오면 음악 이야기를 하기도 하고, 어떤 영화가 생각나는 장면이 나오면 영화 이야기를 하기도 한다. 여기서 발생하는 문제는 주로 내가 들어왔던 80, 90년대의 록 음악이 주가 된다는 점이고, 영화 역시 마찬가지다.

한때는 명언에 꽂혀서 미국의 스포츠 명언집을 통째로 번역해서 여러 번 읽기도 했다. 그리고 비슷한 상황이 오면 꺼내썼다. 온갖 기록에 빠져 중계 중 자막에도 나오지 않는 이 기록, 저 기록을 언급하기도 했다. 한마디로 야구에 대해 아는 척을 많이 했던 것이다.

이렇게 캐스터의 취향에 따라 방송의 지향점이 각각 다른 것이 야구 중계방송의 매력이다. 그래도 꼭 잊지 않아야 할 점이 있다. 바로 '공통의 관심사'에 대한 것이다.

2000년대 초반, 한 선배는 "중계방송을 위해서는 시청률 10%가 넘는 방송은 모두 챙겨봐야 한다. 그런 것에 사람들이 관심이 있다는 말이니까. 하나하나 다 챙겨보지 못하더라도 네가 알고는 있어야 한다."라고 중계방송의 비법을 알려주기도 했다.

이건 지금 시대에도 그대로 적용할 수 있다. 현시대의 관심사는 '밈'이라는 단어로 바뀌었고, 밈을 아느냐 모르느냐가 바로 캐스터의 기량과 연결되기도 한다. 이건 상당히 억울할 수도 있다.

'아니! 야구를 모르는 것도 아닌데 밈 하나 몰랐다고 나를 야구 모르는 사람 취급하나?'

이런 상황을 예방하기 위해서 야구 캐스터들은 항상 세상 만사에 눈과 귀를 열고 있어야 한다. 그게 설령 잘 안 되더라도 말이다.

해설위원과 대화할 때 동의의 답변은 '예'를 선호한다. '그렇습니다'는 안 쓰려고 노력한다. 아니, 아예 안 쓴다. 마지막으로 쓴 게 언제였는지 기억나지 않을 정도로 내 중계방송에 '그렇습니다'는 존재하지 않는다. 비슷한 어감의 표현이 필요할 때는 '그렇군요'를 사용한다.

'예'라고 대답하는 이유는 그게 가장 간결한 답변이기 때문이다. '그렇습니다'는 타인이 말한 것을 나도 이미 알고 있다는 의미가 잠재적으로 포함되었기 때문에 쓰지 않는다. '그래요'의 경우는 대화의 상대보다 내가 우위에 서 있다는 것을 드러내는 동의의 언어기 때문에 더더욱 쓰지 않는다.

'그렇군요'는 매우 적극적인 동의의 언어인데다가 나 자신을 낮추는 역할까지 한다. 해설위원의 이야기를 들으면서 시청자들에게 매우 유용한 정보라고 생각하는 경우에는 '그렇군요'로 추임새를 넣는다.

마지막으로 부정적인 표현을 하지 않으려고 노력한다. 예를 들어서 야수가 어떤 타구를 잡지 못했을 경우, '잡지 '못'했다'는 표현을 쓰기보다는 그 상황을 묘사하려고 노력한다.

"타구가 튀어 올랐다." "옆에 떨어진다." "가랑이 사이를 뚫고 간다."

예전에 농구 중계방송할 때도 마찬가지였다. 슛이 들어가지 않았을 경우 최대한 "'안' 들어갔습니다."를 피했다.

"림 맞고 튀어나온다." "흘러나왔다." "빙글 돌아나온다."

등등으로 상황을 묘사했다. 이는 골프 중계방송을 할 때도 마찬가지다.

이렇게 '부정적인 콜'을 하지 않고 상황을 묘사하는 이유는 듣는 사람이 부정적인 표현을 계속 들을 경우, 중계방송 내에서 부정의 이미지를 쌓을 수 있다는 우려 때문이다. 부정적인 장면이라도 긍정적인 콜로 듣는 사람의 내면에 긍정적인 이미지가 쌓일 수 있도록 하기 위함이다.

물론 깜짝 놀라는 상황에서 나도 모르게 튀어나오는 부정적인 콜이 있기는 하다. 이건 무의식의 영역이라 어쩔 수 없는 부분이 있다.

요약하자면 어떤 종목이건 간에 내가 추구하는 중계방송은 이런 것이다.

나의 가장 자연스러운 목소리를 통해서
상황에 맞는 목소리 톤을 가지고
인생의 여러 단면을 담아내면서
해설위원 보다 낮은 위치에서
부정적이지 않은 콜을 한다

마음은 이런데 마이크 앞에서 잘 되고 있는지는 잘 모르겠다.
그래도 어느 정도는 되고 있는 것 맞겠죠?

야구장 미술관 옆

LIVE

야구 시즌에는 주로 일주일에 3연전 시리즈 한 번을 맡고, 월요일에 《야구에 산다》 생방송을 한다. 하루는 회사에서 스튜디오 방송을 하거나 아나운서 스케줄 관련 업무를 본다.

큰일이 없으면 이틀은 어떻게든 쉬려고 한다.

쉬는 이틀 동안 주로 하는 일이 있다. 미술관과 박물관을 돌아다니는 것이다.

처음에는 별생각 없이 아내를 따라 다녔던 것이 이제는 내가 아내를 끌고 다니는 상황에 이르렀다. 미술관은 이제 중계방송을 준비하는 데 있어서 매우 중요한 장소가 됐다.

나는 완벽하지 않고, 내 중계방송이 모든 사람을 만족시킬 수는 없다.

사람들은 각자의 취향이 있고, 내 중계방송이 모든 야구 팬의 취향을 만족시킬 수는 없다. 당연히 내 스타일을 싫어하는 사람도 있을 것이다. 그렇다고 내 중계방송을 싫어하는 사람을 마냥 싫어하라고 내버려 둘 수는 없다. 그래서는 나에게도 방송사에도 전혀 도움이 되지 않을 것이기 때문이다.

그렇다면 내가 할 일은 뭘까? 내 중계방송에 대한 비판적인 의견을 수용하고, 그것을 조금씩 고쳐나가는 것이 가장 중요할 것이다.

내 중계방송에 대한 가장 큰 비판은 내 방송이 작위적이라는 것이다.

나도 동감한다. 내 멘트 중 작위적이라고 느낄 수 있는 부분이 충분히 있다.

나름 분석해보자면, 감동을 극대화하기 위한 콜이나 선수들이 조금만 잘해도 그걸 포장하기 위해 선수들의 1구 1구를 극대화하는 중계 스타일을 작위적이라고 느낄 수도 있을 듯하다.

그래서 요즘 나는 멘트 준비를 거의 하지 않는다. 특히 선수에 대한 개별 멘트는 하나도 준비하지 않는다. 심지어 선수가 대기록을 앞두고 있다고 해도 가능한 멘트는 준비하지 않고, 그저 그 순간 느끼는 감정에 충실하려 노력한다.

멘트 준비를 하지 않는 건 쉽다. 그냥 안 하면 되니까.

처음에는 이 부분이 어려웠다. 준비를 안 하면 불안했다. 순간마다 느끼는 감정이 말로 한 번에 잘 나오지 않았다. 그렇게 어려움을 느끼는 와중에 찾은 훌륭한 훈련 장소가 바로 미술관과 박물관이었다.

일주일에 하루 이틀 쉬는 날, 아내를 따라갔던 미술관이 이렇게 훌륭한 훈련장이 될 거라고는 처음에는 생각하지 못했다. 그러다 어느 순간, 다양한 작가, 다양한 시대의 작품을 눈으로 보면서 그때 떠오르는 감정을 나만의 생각으로 정리하고 아내와 이야기를 나누는 것이 아주 좋은 감정 훈련이 된다는 것을 조금씩 깨닫기 시작했다.

2023년부터 서울과 경기권에서 열린 거의 모든 미술 전시회를 다녀왔다. 볼 전시회가 없을 때는 가까운 일본으로 가서 도쿄의 미술관을 찾았다. 지난해부터는 아트페어인 'FRIEZE'와 'Kiaf'도 참관하여 입점한 갤러리들을 최대한 샅샅이 살펴보고 있다.

내가 미술관에서 감정 표현 훈련을 하는 과정은 대략 이렇다.

처음에는 배경지식 없이 그냥 작품을 보면서 처음 드는 감정을 느낀다.

그 다음 오디오 가이드를 들으면서 한 번 더 작품을 본다.

그리고 습득한 배경지식을 바탕으로 한 번 더 작품을 보면서 두 번째 느낌을 정리한다.

처음 맨눈으로 보면서 들었던 느낌과 두 번째 배경지식을 쌓고 감상했을 때 느낌의 차이를 생각한다.

마지막으로는 아내와 작품에 대해서 이야기를 나눈다.

이야기를 나누는 이유는 나는 말을 하는 사람이고, 내 일이 생각만으로 끝나지 않기 때문이다. 그래서 반드시 말로 생각을 표현해 본다. 또 다른 이의 생각을 들으면서 한 번 더 작품을 떠올려 보는 것도 매우 중요한 훈련이 된다. 왜냐하면 내일은 혼자 하는 일이 아니라 '경기'라는 작품을 놓고 해설위원과 함께 해석해 나가는 과정이기 때문이다.

박물관 또한 감정 표현 훈련에 매우 소중한 공간이다.

2025년 가장 많이 방문한 장소는 국립중앙박물관(이하 국중박)이다. 그중 '백자의 공간'에 가장 오래 머물렀다.

'이 시대에 어떻게 이런 색감의 표현이 가능했을까?'

'어떻게 이 시대에 이런 걸 만들 수 있지?'

처음에는 매우 원초적인 질문으로 시작했지만 작품들을 보면 볼수록 이런 의문이 이 시대(조선)를 살았던 우리 선조들에 대한 예의가 아니라는 생각을 하게 됐다.

나는 그들보다 조금 늦게 태어났을 뿐이다. 그들이 가졌던 기술과 미적 감각은 우리와 다를 바 없었고, 이미 생활 속에 예술이 깊게 뿌리내리고 있었을 것이다. 그렇기 때문에 그들의 생활 도구가 현대에는 예술작품이 될 수 있었던 것이 아닐까?

국보 반가사유상 두 점이 있는 '사유의 방'도 설명할 수 없을 정도로 근사한 공간이다. 이 공간의 비밀은 방 자체의 기울기에 있다. '사유의 방'에 입장하면 처음에는 반가사유상이 상당히 멀게 느껴진다. 실제 거리와 달리 멀게 느껴지는 이유는 방 전체가 약 2도가량 기울어져 있기 때문이다. 첫 입장 때 느낌이 무척 신기해서 기울기를 직접 재 봤다. 방의 가장자리에서부터 불상 쪽으로 한걸음씩 걸음을 옮기면 반가사유상이 성큼성큼 가까워지는 느낌을 받는다. 기울기로 인해 천장이 점점 낮아지기 때문에 반가사유상에 한층 몰입하는 느낌을 얻을 수 있다.

앞서 이 방이 '설명할 수 없을 정도로 근사하다'고 했는데 만일 이 근사함을 내가 제대로 설명할 수 있다면 내 중계방송은 더 풍부해질 것이다. 아직은 이 감정을 설명할 방법이 없고 단지 사유의 방 구조의 비밀을 알게 된 정도다. 몇 번이나 찾아 보고, 여러 번 함께 사유를 해도 이 감정을 표현할 방법이 없다. '근사하다'라는 단어 말고는.

이런 모자람이 있어서 아직 내 중계방송의 표현도 한참 모자란 걸지도 모르겠다. 그래도 모자란 것은 그대로 모자라게 두려고 한다. 언젠가 채워지겠지 하는 마음으로 계속 방송을 하다보면 언젠가는 채워지겠지.

야구와 스포츠를 20년 넘게 중계하면서 바뀐 것은 이런 것이다. 처음에는 내가 이 경기에 대해 뭔가를 억지로 만들어내려고 애를 썼다. 그리고 그것이야 말로 이 일로 돈을 버는 사람의 의무인 줄만 알았다.

그런데 시간이 지나고 보니 그게 아니었다.

벌어지는 상황을 그에 맞게 자연스럽게 전하는 것.

그 순간을 그대로 표현하기 위해서 노력하는 것.

그것이 내 일이고 지금은 여기에 집중하고 있다.

야구장에서,

또 미술관에서,

그리고 박물관에서.

예술의전당 오르세미술관 특별전, 폴 세잔의 사과 형상 곁에서

2025년의 중계방송

2024년의 대실패 이후 나는 칼을 갈고 2025년을 맞이했다. 잘해보려 했고, 그래서 이전보다 많은 중계방송을 했다. 아마 2025년은 KBO 중계방송 하나만 놓고 봤을 때 내가 야구 캐스터가 된 후 가장 많은 중계를 한 해가 아니었을까 한다.

그렇게 한 해를 지나고 보니, 몇 번의 좋은 멘트가 있었다.

그 많은 중계방송 중 고작 몇 번이면 너무 적은 것이 아닌가 생각할 수도 있지만 그렇지 않다. 이 일을 20년 간 해오다 보니 1년에 한 개의 멘트만 오래 남아도 남긴 것이 있는 시즌이 됐다. 여기서 '오래' 남긴다는 게 얼마나 '오래'인지 정해져 있지는 않지만.

미술관과 박물관에서의 꾸준한 감정 표현 훈련이 중계방송에 도움이 된 것일까? 플레이 순간, 큰 고민을 하지 않고 했던 멘트임에도 마음에 쏙 들었던 표현들이 있었다. 지금 바로 떠오르는 표현은 세 가지인데 이것들은 앞으로도 오래 남을 것 같다. 그리고 이 선수들이 나오면 비슷한 상황에서 몇 번은 더 쓸 것 같다.

각각 정우주, 전민재, 김영웅 선수의 플레이에 따른 표현이었는데, 벌써 정우주 선수는 국가대표팀 경기에서 다시 쓰기도 했다.

2025년 5월 2일, '우주의 탄생, 빅뱅의 순간'

'광막한 공간과 영겁의 시간 속에서, 행성 하나와 찰나의 순간을 앤과 공유할 수 있었음은 나에게는 커다란 기쁨이었다.'

위 문구는 천문학 분야의 손꼽히는 대중서 『코스모스』의 저자, 칼 세이건이 아내에게 바친 헌정사다. 2025년의 슈퍼루키 정우주의 프로 데뷔 첫 승의 순간이 나에게 와준 것도 내게는 이 못지않은 기쁨이자 행운이었다. 선수의 이름이 '우주'였음에 감사할 따름이다.

전주 고등학교 출신의 정우주는 2025년 신인 드래프트 전체

2번 지명 선수로 2024년, 고3이 될 때까지만 해도 유력한 전체 1순위 후보로 꼽혔다. 그런데 전체 1번 지명권을 가지고 있던 키움이 즉시 전력감인 왼손 선발투수를 원하면서 방향을 틀었고, 정우주는 전체 2번으로 한화 이글스의 지명을 받았다.

고교 시절에도 시속 155km에 이르는 빠른 공을 던졌는데, 당시 예능 프로그램에서 정우주를 상대해 봤던 해설위원들은 정우주를 이렇게 평가했다.

"좋은 공을 가졌는데 20~30개 이후 구속이 떨어진다. 선발보다는 불펜에 적합하다."

그것이 잘못된 평가였음을 정우주는 1년도 지나지 않아 증명했다. 그건 지금 이야기하고 있는 첫 승 이후 6개월이 지나고 벌어지는 이야기.

한화 이글스는 귀한 오른손 파이어볼러(아주 빠른 공을 던지는 투수) 정우주를 시즌 시작부터 애지중지 키웠다. 점수 차가 벌어진 상황부터 등판하기 시작해서 차근차근 투구 수를 늘려갔고, 4월부터는 중간투수의 핵심 기록인 '홀드'를 기록하기 시작했다. 그리고 5월의 첫 등판, 기아 타이거즈와의 원정 3연전의 첫 경기에 마지막 투수로 등판했다. 경기는 연장까지 가는 혈투였고, 이미 한화는 정우주 이전에 7명의 투수를 올렸다. 10회말 2사에 등판한 정우주는 이 경기에서 한화 최후의 보루였다. 정우주는 올라오자마자 삼진으로 아웃카운트를 잡아내면서 이닝을 끝냈다. 이어진 한화의 공격에서는 4번 타자 노시환이 홈런을 때려내며 리드를 잡았다. 이 점수만 지켜내면 한화의 승리였다.

나는 11회초 한화의 공격이 끝나고, 정우주가 이 한 점을 지켜내면 데뷔 첫 승을 거둔다는 사실을 알았다. 그때부터 이 슈퍼 루키를 위한 첫 승 선물 멘트를 고민했다.

우주는 아주 작은 점에서 시작한 폭발, 빅뱅으로부터 시작했다는 '빅뱅우주론'은 이제 보편적인 진리다. 그렇다면 정우주의 프로 첫 승은 정'우주'의 새로운 시작점, '빅뱅의 순간'으로 받아들여도 무난할 것이라고 생각했다. 멘트의 톤은 굳이 지르지 않고 평상시 멘트 정도로, 이야기하듯이 말해도 충분히 의미가 전달 될 것 같았다.

이 순간은 정말 빅뱅의 순간이 맞았다. 정우주는 점점 잠재력을 발휘했고, 특유의 두둑한 배짱으로 프로 첫 시즌에 완벽 이닝 투구(9구 3탈삼진)를 포함해서 한화 이글스의 중간에서 매우 중요한 역할을 했다. 포스트시즌에서는 선발로서도 기대 이상의 호투를 보여줬다. 또 국가대표팀의 유니폼을 입고도 선발로 호투했다. 나는 그의 대표팀 경기에서도 다시 '빅뱅'을 소환

했다.

다시 말하지만 그의 이름이 '우주'인 것에 감사할 따름이다.

2025년 6월 19일, '마치 운명처럼'

2024년 4월 17일 대구. 점수가 크게 벌어진 상황에서 나온 홈런 하나를, 나는 최선을 다해 중계방송하지 않았다. 물론 평상시처럼 했지만, 그 타구의 의미를 놓고 보면 그랬으면 안 됐다.

두산과 삼성의 경기였고, 경기 후반이었던 9회초 두산의 공격, 점수는 9:1로 홈팀 삼성이 여덟 점을 앞서 있었다. 1사 주자 없이 타석에는 7번 타자 전민재. 그가 삼성의 4번째 투수 홍원표의 공을 담장 밖으로 보냈다.

사실 이렇게 경기 후반 점수 차가 좀 있는 경우라면, 많은 사람이 생각하는 '샤우팅'은 하지 않는다. 어느 쪽의 타구든 지간에 그냥 넘어갔다는 언급 정도만 해준다. 그날도 마찬가지였다. 해설위원과 다른 이야기를 하고 있었다. 어떤 이야기였는지 정확한 기억은 없지만 통상 이렇게 점수차가 크게 벌어져 있을 때는 시즌 중 양 팀의 흐름이라든지, 다음날 경기에 대해서 라든지 그런 이야기를 주로 나눈다. 그런 이야기를 하는 도중 타구가 넘어갔다. 거기까지는 괜찮았다. 평소 하던 대로였으니까.

이후 중계 기록원에게서 '데뷔 첫 홈런'이라는 쪽지를 건네받고 나니 마음이 급해졌다. '늦었지만 축하의 의미로 좀 호들갑을 떨어야 하나?' 잠시 고민이 되었지만, 짧게 '데뷔 첫 홈런'을 언급하고 앞서 나누던 이야기를 이어갔다.

경기가 끝난 뒤 몇몇 팬들이 SNS에서 서운함을 표했다. 나는 찔렸다. 그러나 그들에게 사과는커녕 당당한 척했다.

"하던 대로 했다. 뭐가 문제냐? 내 다른 중계도 들어봐라."

사실, 뭐가 문제였는지 그때도 알았고 지금도 안다. 내가 문제였다. 나는 저렇게 행동하면 안 됐다.

이튿날 전민재 선수와 마주쳤을 때 첫 홈런 중계를 제대로 하지 못 해서 미안하다고 말은 못 하고, 괜히 다가가서 이것저것 물어봤다.

"교정은 왜 했냐?" "자신 있는 것은 뭐냐?" "체력은 괜찮냐?"

그리고 아무일 없듯이 시간은 흘렀다. 나는 그에 대한 미안함을 만회하지 못했다. 그 와중에 새로운 시즌을 앞두고 전민재는 정철원과 함께, 트레이드로 두산에서 롯데 자이언츠로 이적했다. 그리고 시즌 개막과 동시에 화려한 불꽃을 피웠다. 엄청난 타격과 함께 안정된 수비까지 보여주면서 팀의 초반 상승세를 이끌었다. 어째선지 이 시기는 유독 우리 방송사와 롯데의 중계 순번이 맞지 않아 중계방송을 하지 못했다. 롯데의 상승세에 내 마음이 초조했다. 이럴 때 좋은 멘트가 하나 있어야 지난해의 아쉬움에 대한 속죄가 될 텐데 하는 마음에 말이다.

4월 29일. 개막 후 4월이 다 지나갈 때까지 타격 1위를 달리면서 데뷔 후 최고의 모습을 보여주던 부산의 복덩이, 전민재에게 시련이 찾아왔다. 얼굴에 투구를 맞은 것이다. 다행히 뼈에 이상은 없었기 때문에 한 달 가량 재활하고 복귀했지만, 그 찬란했던 4월의 타격감은 사라졌다.

6월 19일. 한화와 롯데가 3연전의 마지막 경기를 사직에서 치렀다. 전민재는 그날 오랜만에 폭발했다. 마치 4월 같은 타격감을 보여주면서 3안타의 맹타를 휘둘렀다. 하지만 경기 후반 수비에서 아쉬움을 남겼다. 8회초 한화의 4번 타자 노시환의 타구를 처리하는 과정에서 송구 실책을 범했고, 이후 한화가 맹공을 퍼부으면서 넉 점차 여유있는 리드를 안고 있던 롯데는 한 점차의 아슬아슬한 상황으로 9회를 맞이하게 됐다.

9회초 한화의 공격, 롯데는 한 점의 리드를 지키기 위해 마무리투수 김원중을 마운드에 올렸다. 9회 첫 타자 이재원이 중견수 앞에 안타를 때렸다. 김경문 감독은 발 빠른 이원석을 대주자로 기용하고 9번 타순에 희생번트를 지시하면서 동점을 향한 의지를 드러냈다. 1사 2루에서 1번 타자 이진영이 삼진으로 물러났다.

투아웃에 타석에는 2번 타자 안치홍. 그가 때린 타구는 느리게 전민재 쪽으로 굴렀다.

마치 운명처럼.

이 경기를 한 점차 상황으로 만들었던 전민재에게 야구의 신이 승리자의 자격을 시험하는 듯 했다. 그리고 전민재에게 두 번의 실수는 없었다. 그는 안전한 송구로 마지막 아웃카운트를 처리하면서 경기에 마침표를 찍었다.

"마치 운명처럼 전민재에게로 돌아간 타구."

이 상황에서 나는 다른 말이 떠오르지 않았다. 순간적으로 떠오른 생각을 말했다.

지금 글을 쓰면서 돌이켜보니 '야구의 신이 전민재를 시험합니다.'도 괜찮은 중계멘트였을 것 같다. 이건 비슷한 상황에 써 먹어도 좋을 것 같다. 아…… 이런 표현을 만들어내는 걸 좋아해서 내 표현을 작위적이라고 하는 걸까?

글쎄. 저 상황에서 순간 떠올랐던 '마치 운명처럼 전민재에게로 돌아간 타구' 이상의 표현은 찾기 어려울 듯 한데 그럼 내 사고방식 자체가 작위적인 건가?

아무튼 상황에 맞는 표현을 한차례 만들었다고 해서 전민재 선수의 첫 홈런 콜에 대한 미안함이 사라진 것은 아니다.

뒤늦었지만 첫 홈런 때 정말 미안했습니다.

전민재 선수에게도.

팬들에게도.

2025.10.22, '영웅은 있습니까? 예. 있습니다.'

와일드카드 결정전부터 준플레이오프를 거치면서 플레이오프까지 올라온 삼성 라이온즈는 플레이오프 4차전을 앞두고 1승 2패로 몰리면서 시리즈 탈락의 위기에 몰려있었다.

한화는 '슈퍼 루키' 정우주를, 지면 탈락하는 삼성은 '푸른 피의 에이스' 원태인을 각각 선발로 마운드에 올렸다. 선발 맞대결에서는 삼성의 우세를 점치는 사람들이 많았지만, 원태인은 이미 가을야구에서 많은 공을 던진 상태였다. 그래도

4회까지는 무실점으로 막아냈지만 5회 4점을 내주면서 대량 실점을 했다.

정우주는 비록 4회 1사까지였지만 삼성 타자들을 압도하는 투구를 보여줬고, 5회초 문현민의 3점 홈런이 터지는 순간 이 경기는 누가 봐도 한화의 승리 분위기였다. 경기 중반이 되면서 원투펀치인 폰세와 와이스가 예고대로 웜업을 위해 불펜으로 이동했다. 두 선수가 1이닝씩 던진다고 가정할 때 7회까지만 앞서 있으면 한화의 코리안 시리즈 진출이 무난하게 확정될 터였다. 그러나 이날, 그런 일은 벌어지지 않았다. 삼성에는 영웅이 있었기 때문이다.

미국의 전설적인 스포츠 캐스터 중에 '알 마이클스'라는 사람이 있다. 역대 미국의 스포츠 캐스터를 모두 통틀어도 다섯 손가락 안에는 충분히 포함될 수 있는 인물로, 그 인지도 덕분에 NBC가 지난 파리 올림픽에 AI 캐스터로 등장시킨 전설 중 전설이다.

그를 인기 캐스터에서 전설의 반열로 끌어 올린 경기가 있다. 지금까지도 '빙판 위의 기적(The Miracle on Ice)'이라고 불리는 1980년 레이크 플래시드 동계 올림픽, 미국과 구소련의 아이스하키 메달 라운드 경기다.

당시 구소련은 아이스하키에서 올림픽 4연패를 달성한 최강 팀이었다. 반면 미국은 자국에서 열리는 올림픽임에도 대표팀에 대학생 선수들을 대거 선발했다. 두 팀의 경기는 선수 개개인의 기량과 경험에서 압도적이었던 소련의 우세가 예상되고 있었다.

그러나 그날 모두의 예상을 뒤엎고 치열한 접전 끝에 미국 팀이 승리했다. 미국의 이 승리는 스포츠 역사상 가장 큰 업셋(Upset, 전력 열세에 놓인 팀이 강팀에 승리하는 것) 중 하나로 손꼽히고 있다.

그 역사적인 승리의 순간, 알 마이클스는 멘트 한 마디로 전설이 됐다.

"Do you believe in miracles? YES!"
(여러분은 기적을 믿습니까? 예!)

사실 이 콜은 지난 2015년 두산 베어스의 업셋 우승 때 나도 스튜디오 우승콜로 비슷하게 썼던 바가 있다. 업셋 우승이라는 사실과 기적의 팀이라는 두산의 이미지가 절묘하게 잘 어울렸던 것이다. 뒤의 '예!'는 빼고, '여러분은 기적을 믿으십니까?'를 낮게 시작해서 조금씩 톤을 올리는 점층식으로 말했다. 이후 결정적인 순간에 의문문을 던지는 형식의 멘트를 종종 사용했던 기억이 있다. '믿어지십니까?' '믿을 수 있습니까?' 등등. 답은 없는 강조형 의문문이었다.

다시 10월 22일로 돌아가서, 김영웅은 6회말 이 경기의 첫 홈런을 때렸다. 동점 3점 홈런이었다.

"오른쪽 담장! 넘어갑니다! 김영웅의 석 점 홈런! 김영웅이 삼성 라이온즈를 구합니다!"

그때 이렇게 말했는데 이닝을 마치고 뒤늦게 생각이 났다.

'선수 이름도 영웅인데, 알 마이클스의 멘트를 살짝 비틀어도 충분히 괜찮을 것 같은데? 영웅은 있습니까? 예. 이거 괜찮은데? 아쉽네, 했으면 좋았을 것을.'

가끔 중요한 상황이 발생했을 때 그에 어울리는 괜찮은 멘트가 뒤늦게 생각날 때가 있다. 어떨 때는 이때처럼 상황이 끝나자마자 떠오르고, 어떨 때는 집에 돌아가는 길에 떠오르고, 어떨 때는 잠들기 직전에 생각이 난다. 그럴 때마다 아쉽다. 그날도 아쉬웠다.

'아…… 이렇게 결정적인 홈런에 저런 평범한 콜이라니. 이름도 김영웅인데.'

더 영웅적인 장면이 금방 다시 나올 거라고는 그때는 상상도 하지 못했다.

김영웅의 다음 타격 기회는 매우 빠르게 돌아왔다. 6회 동점 홈런 이후 곧바로 이어진 7회말, 삼성의 공격. 김영웅의 타석에 주자는 앞서 6회 때와 마찬가지로 두 명이 있었다.

'에이, 설마. 또 넘기겠어?'

설마는 사람을 잡았고, 나도 잡았다.

6회의 첫 홈런 때보다 더 극적이었다. 6회가 끝나고 떠올라 아쉬웠던 그 멘트를 쓰지 않을 이유가 없었다.

"담장 바로 앞! 넘어갑니다! 두 타석 연속 석 점 홈런! 역전 석 점 홈런 김영웅! 영웅은 있습니까? 예! 있습니다! 김영웅이 삼성의 영웅입니다!"

정우주 선수의 이름이 우주여서 감사했던 것과 마찬가지로, 김영웅 선수의 이름이 영웅인 것에 감사할 따름이다.

또 국가는 다르지만 위대한 캐스터가 먼저 남겨둔 발자국이 있었음에 감사한다.

　　　　　뜨거웠던 2025시즌, 나와 이순철 위원은 한 팀의 승요였다.

"우영아, 이게 진짜는 아니겠지?"

이순철 해설위원이 이렇게 묻기도 했다. 지난 17년 동안 이순철 해설위원의 이런 반응은 처음이었다. 물론 나도 처음 겪는 일이었다. 그래서 더 신기했다.

2007년, 나는 이순철 해설위원을 처음 만났다.

그때만 해도 이순철 위원은 40대 중반의 젊은 감독 출신 해설위원이었다. 당시 프로야구 중계방송에 이순철 위원의 등장은 파격 그 자체였다. 아마 모든 프로 스포츠를 통틀어 중계방송에서 '이 플레이는 이래서 잘못된 거다.'라고 이야기한 최초의 해설위원일 것이다.

잠실야구장 그라운드 오프닝

이전까지의 중계방송에서는 많은 해설위원이 '좋은 게 좋은 것'이었다. 광고가 나가고 마이크가 꺼지면 아쉬워하고 탄식을 하면서 마이크 전원이 들어오면 다 잘했다고 했다.

이순철 위원은 2007년 MBC ESPN(MBC스포츠플러스의 전신)에서 해설위원으로 데뷔했다. 당시 야구를 담당했던 메인 PD는 기존 해설위원들의 이런 스탠스에 만족하지 못했던 사람이었고, 새로운 해설위원들에게 이렇게 말하곤 했다.

"백 번을 좋게 말한다고 해서 그 사람이 고마워해 줄 것 같아요? 절대 아니에요. 해설위원이 하는 백 마디가 마음에 들다가도 백 한 번째에 마음에 안 드는 말이 나오면 그게 서운한 게 사람이에요. 그러니까 남 신경쓰지 마시고 하고 싶은 이야기를 하세요."

그는 선수들의 플레이에 대해 해설위원들이 직설적인 지적을 해주기를 바랐지만, 여타 다른 해설위원들은 그의 기대를 충족시키지 못했다. 그랬던 그가 2007년 이순철 위원을 만났다. 그리고 120퍼센트 만족했다.

사실 나는 2007년 전반기에는 이순철 위원과 거의 중계방송을 하지 못했고, 주로 회사에서 방송 모니터만 했다.

'만일 내가 이순철 위원과 중계방송을 하게 된다면?'

이런 가정을 하면서 방송을 보며 이런 생각을 했던 걸로 기억한다.

'이순철 위원이 부족한 부분인 유머를 내가 맡아야겠다.'

지금 생각하면 참 어처구니 없는 일이다. 나처럼 유머와 거리가 먼 사람이 그런 생각을 했다는 게 말이다.

함께 했던 첫 방송은 여름이 다 지나갈 무렵의 인천이었다. 그 방송에서 분위기를 좀 부드럽게 만들 요량으로 〈연안부두〉가 경기장에 응원가로 울려 퍼질 때 질문을 하나 했다.

"이 노래 혹시 누가 불렀는지 아십니까?"

내 질문에 상당히 당황했던 이순철 위원의 표정이 떠오른다. 클로징까지 모든 방송이 끝나고 헤드셋을 벗으면서 이순철 위원이 나를 보며 말했다.

"우영 씨는 이런 스타일로 방송을 하는구나. 잘 알았어요."

이렇게 말하고는 버버리 코트를 걸치고 바람같이 획 사라지셨다. 이 첫 방송 만남의 기억은 매우 강렬해서 지금도 가끔 생각난다. 이순철 위원도 가끔 다른 분들에게 이야기를 하곤 한다.

"야구 캐스터가 말이야. 나한테 야구를 물어봐야지. 처음 방송을 같이 하는 데 〈연안부두〉 가수가 누구냐고 물어보는 사람이 어딨어?"

이순철 위원은 팀에 잠시 돌아갔던 3년을 제외하고는 2009

년부터 쭉 나와 중계방송을 했다. 심지어 내가 직장을 옮길 때, 공교롭게도 기아 타이거즈의 수석코치직을 마무리하면서 함께 SBS 스포츠에 새 둥지를 틀게 됐다. 이후 같이 중계방송 한 기간이 무려 열여섯 시즌에 이른다.

그 16년 동안 어느 한 팀의 팬들이 나와 이순철 해설위원에게 열광적인 환호를 보내준 적은 없었다. 사실 지난 시즌 후반부터 낌새는 있었다. 여름 이후부터 나와 이순철 해설위원이 중계방송을 할 때 거의 롯데가 승리했는데, 처음에는 의식하지 못했다. 솔직히 신경도 쓰지 않았으니까. 그러다가 SNS 덕분에 우리가 중계할 때 롯데 승률이 좋다는 사실을 알게 됐다. 인스타그램과 X 등 다양한 SNS에서 나를 태그한 롯데 팬들이 점점 늘어나기 시작했는데 대부분 나와 이순철 위원이 중계하면 롯데가 이긴다는 내용이었다. 시즌이 끝날 즈음에는 아나운서 아카데미 동기인 부산MBC의 김동현 아나운서 부장이 나를 본인 중계 부스로 끌고 가서 이런 이상 승률(?)에 대해 인터뷰하기도 했다. 장소는 롯데의 제 2구장 울산이었던 걸로 기억한다.

이 현상은 2025년 들어서 폭발했다. 시즌 개막 후 극초반에는 우리 회사가 롯데 경기와 순번이 잘 맞지 않았다. 그러다 5~7월은 거의 격주에 한 번씩 사직에 갈 정도로 롯데 자이언츠 경기의 중계방송이 잦았다. 내가 기억하기로는 여름까지는 나와 이순철 위원이 중계방송을 한 경기에서 롯데가 거의 다 이겼다. 심지어 선발 매치업에서 롯데가 완전히 밀린 경기도 이겼다. 이러자 SNS가 폭발했다. AI 창작물들이 넘쳐났다.

"우영아, 이게 진짜는 아니겠지?"

이순철 위원의 질문은 팬들의 반응이 진짜라는 의미가 아니라, 우리가 진짜 '롯데의 승요'는 아니라는 것에 대한 확인이었다.

냉정하게 말해서 우리가 특정 팀의 '승리 요정'이 아닌 것은 나나 이순철 위원이나 머리로는 알고 있다. 당연히 있을 수 없다. 모두가 아는 사실이다.

그런데 온 부산이 맞다고 하고, 실제로, 물론 우연이지만, 계속 우리가 중계방송을 할 때 직접 눈으로 보고도 믿을 수 없는 광경들이 이어지니 이순철 위원도 믿을 수 없어서 내게 물은 것이었다.

한참 여름에는 나 혼자 부산의 어디를 가도 환영을 받았다. 드랍인(돈을 지불하고 1회 운동을 하는 것)을 갔던 F45 센터나 크로스핏 박스에서도 코치들이 '승요'로 반겨줬고, 식사를 하러 음식점에 들르면 거기서도 '승요'로 한껏 치켜올려줬다. 편의점이나 올리브영에서 계산을 할 때도 '승요', 택시를 타도 '롯데 승요'였다. 야구장에 가까워질수록 '승요'에 대한 환호는 더 커졌다. 심지어 야구장 안에서는 가볍게 눈을 마주치는 사람들마다

"오늘도 승요 해주실 거죠?"

"오늘도 승요 믿어요!"

라며 내게 인사를 건넸다. 난처했던 점은 이런 반응에 딱히 적당하게 대응할만한 말이 없다는 것이었다. 저렇게 환하게 웃으면서 인사를 해주시는 분들에게 내가

"아니요. 저는 10개 구단 모두를 응원합니다."

"아닙니다. 저희는 특정 팀의 승리 요정이 될 수 없습니다."

라는 반응은 보일 수는 없는 노릇이었다. 그저 '허허' 웃을 수밖에 없었다.

매일매일 중계석으로 선물이 쏟아졌다. 종류도 다양했다. 커피를 비롯한 음료수, 과일, 과자, 샌드위치와 빵, 떡, 쿨링 패치 등등. 매번 사직에 갈 때마다 두 손이 무거운 상태로 숙소로 돌아왔다. 심지어 나와 이순철 위원을 모델로 만든 러시

아 인형, 마트료시카도 받았다. 처음에는 이런 대접에 영문을 몰라 어리둥절했고, 팬들이 중계진에게 이런 대우를 하는 것이 맞는지를 놓고 이성적으로 생각해 보기도 했다.

고민이었다. 이순철 위원도 비슷한 이유로 은근한 스트레스를 받고 있었다. 더 큰 스트레스는 롯데의 상대 팀들이 보인 반응이었다. 타 팀의 감독이나 구단 관계자들도 모두 이런 현상을 알고 있었다. 그리고 한마디씩 툭툭 던졌다.

"롯데 승요라면서요."

"두 분, 롯데 승률 좋던데요?"

이렇게 은근한 스트레스가 쌓이던 즈음, 극적인 만남 덕분에 나는 스트레스에서 탈출할 수 있었다.

늦은 여름의 어느 날, 여느 때처럼 중계방송을 앞두고 더그아웃으로 내려가는 길이었다. 관중석의 한 팬이 웃으면서 말했다.

"승요 부탁드려요."

나는 그냥 피식 웃으면서 인사를 했는데 그 팬이 이렇게 말해줬다. 그는 마치 나를 꿰뚫어 보고 있는 것 같았다.

"캐스터님도 그냥 즐기세요. 팬들이 좋아하잖아요."

처음 들었을 때는 그냥 그러는가 보다 생각했는데, 이 말이

팬들이 선물해준 홈런볼

계속 머릿속을 맴돌았다.

"팬들이 좋아하잖아요."

그랬다. 남들이 뭐라고 하면 어떤가? 팬들이 좋다는데. 그냥 그들이 더 좋아하게 두면 되는 거였다. 내게 인사를 해주면 나도 더 크게 인사하고, 어딘가에서 승요라고 외치는 소리가 들려오면 그곳을 향해서 손도 흔들어 주고, 또 크게 웃어주면 됐을 것을 나는 왜 그렇게 고민했는지 후회가 밀려왔다. 이 또한 다시 돌아오지 않을 수도 있는 영광일텐데.

후회했을 때는 이미 늦었다. 좀 즐겨보려 하니 롯데는 시즌 후반, 거짓말 같은 연패에 빠졌다. 그리고 나와 이순철 위원은 그 연패 기간에는 롯데의 경기를 함께 중계방송하지 못했다.

연패 직후 우리가 중계방송을 몇 차례 더 했을 때만 해도 가을의 희망을 이어가는 듯 했지만, 본격적인 가을로 접어드는 시점에서 다시 만난 롯데는 더 이상 봄, 여름의 롯데가 아니었다. 나와 이순철 위원은 9월 23일, 울산에서 시즌 마지막으로 롯데 자이언츠의 경기를 중계방송했다. 그때만 해도 산술적인 희망은 살아있었다. 경기 결과는 롯데의 패배. 롯데와는 정반대로 시즌 막판 상승세를 보였던 지역 라이벌 NC가 승리를 거뒀다.

경기 후 마주친 부산MBC 김동현 아나운서는 내게 이렇게 절규했다.

"형네 이제 더 이상 승요 아니야! 가! 가란 말이야!"

그랬다. 승요는 이제 더이상 없었다.

시즌이 거의 끝나갈 무렵 이순철 위원에게 물었던 적이 있다.

"저희가 그 12연패 기간에 중계를 한 번이라도 했으면 롯데 연패가 12까지는 가지 않지 않았을까요?"

이순철 위원의 대답은 여러분의 상상에 맡긴다.

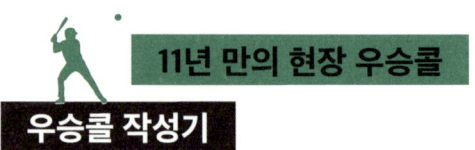

11년 만의 현장 우승콜
우승콜 작성기

현장에서 우승콜을 할 수 있다는 것은 야구 캐스터에게는 큰 영광이다. 나는 2014년 이후 지난 2024년까지 현장에서 우승콜을 외쳐본 적이 없다. 2025년. 11년 만에 현장에서 우승콜을 하는 영광을 누렸다. 아래의 글은 11월 5일. 칼럼으로 발표했던 2025시즌 우승콜 작성기를 다듬은 글이다.

"5차전에 뵙겠습니다."

잠실에서의 2차전 중계방송을 마치고 관성으로 튀어나온 클로징 멘트였다.

SBS는 한국시리즈 2차전과 5차전 생방송이 예정되어 있었다. 그런데 이렇게 말하고 나니 뭔가 찜찜한 마음이 들었다.

'이러면 LG 팬들이 싫어하겠는데.'

방송이 끝나고 PD들도 내가 악플을 받을까 걱정했다. 다행히 클로징멘트에 악의를 가지고 나를 대하는 LG 팬은 없었다. 한숨을 돌리고 나서 한마디 한마디에 조금 더 조심해야겠다는 생각을 하게 됐다. '만일 5차전에 가게 된다면'이라고 한마디만 덧붙였더라도 끝나고 혼자 전전긍긍 하지는 않았을 텐데 두고두고 아쉬움이 남았다.

하루 쉬고 이어진 3차전에서 한화가 승리하고 나서는 PD들이 나를 놀렸다.

"선배 멘트 때문에 5차전에 갔다고 원망하는 거 아니에요?"

당연하게 그런 원망도 듣지 않았다.

4차전은 스튜디오에서 열린 중계방송(AKA 입중계)의 형식으로 방송했다.

9회에 돌입할 때까지 이 시리즈는 2승 2패로 5차전을 맞이하게 될 것이 거의 확실해 보였다. 승리확률(Winning probability)로 보더라도 한화가 석 점을 앞선 상태로 9회초에 돌입했을 때 LG 트윈스의 승리확률은 4.3%에 불과했다. 무사에 박동원 선수가 투런 홈런을 쳤을 때도 LG의 승리확률은 18.5%.

한화의 입장에서는 불안하기는 했어도 여전히 유리했다. 그리고 김서현 선수가 이 8번 타자 천성호 선수를 아웃카운트 처리하면서 한화의 승리확률은 다시 89.7%로 높아졌다. 신민재 선수가 두 번째 아웃카운트로 기록될 때만 해도 여전히 한화의 승리확률은 80%를 상회했다.

이 경기에서 승리확률이 가장 큰 플러스 폭을 나타낸 건 김현수 선수의 2사 역전타 순간이었다. 이 안타가 LG 트윈스의 승리확률을 무려 59% 끌어올리면서 승리확률 78.8%로 그 시점부터 엘지가 승리확률의 우위에 서게 됐다. 이닝을 끝낼 때는 트윈스의 석 점 리드로 승리확률이 무려 94.6%까지 높아졌다.

LG 트윈스의 승리로 경기가 끝나고, 5차전 생중계가 결정됐다. 동료들이 다들 지나가면서 한 마디씩 툭툭 던졌다.

"우승콜 준비해야 하는 거 아니에요?"

"내일 우승 나오겠네. 나오면 우리(SBS 지상파) 우승콜 생방송이 11년만 아닌가?"

집에 돌아와 보니 메신저에 지인들의 메시지가 수두룩하게 도착해 있었다. 주로 주변의 LG 트윈스 팬들이었다.

"내일 우승콜 기대해요!"

"LG 우승콜 가자!"

준비를 시작했다.

시즌 초반부터 LG가 연승으로 1위로 치고 나갈 때, 또 잠시 빼앗겼던 1위를 연이은 3연전에서 우위를 점하며 5경기 반 차를 뒤집었을 때부터 그려 놓은 이미지는 있었다.

'무적 시대의 선언'

이 멘트에는 LG 트윈스 중계방송을 하면서 염경엽 감독과 경기 전 미팅을 가질 때마다 그가 강조했던 이야기가 포함되어 있었다.

"우리 팀은 올해보다 내년이 진짜야. 전력에 가세할 선수들을 보면 올해보다는 내년이 더 강해질 거라고."

이 시점에 자세한 내용을 말할 수는 없지만 충분히 동의할 수 있는 말이었다.

'LG가 강팀으로 앞으로도 꽤 오래갈 수 있겠구나.'

만약 LG가 우승하면 LG 트윈스만 쓰는 응원 구호 '무적'을 우승콜에 꼭 넣어야겠다고 마음먹었다. 게다가 2020년대 들어 2회 우승한 팀이 없는 가운데, 최초로 2회 우승을 차지하게 되는 것이기 때문에 '무적 시대'는 매우 어울리는 단어 였다.

잠들기 전, 기승전-'무적 시대의 선언'으로 우승콜을 두 개 작성해 두고 잠을 청했다. 그런데 새벽 5시 반에 눈이 자동으로 떠졌다.

'이게 맞나?'

일어나서 써둔 글들을 다시 읽어 보는데 '무적 시대의 선언'까지 가는데 구구절절 너무 오래 걸렸다.

'만약에 우승을 하면 이걸 앞에서 치자. 미괄식보다는 두괄식이 낫지.'

이렇게 생각하고 다시 잠을 청했다. 머리가 복잡하고 어지러워서 그런지 금방 눈이 또 떠졌다. 한바탕 유산소 운동을 하고 대전행 기차를 탔다.

원래는 올해 작고하신 고 이광환 감독님의 이야기를 클로징 멘트 전에 짧게 언급하려고 했다. 그런데 대전으로 가는 열차 안에서 시간 배분을 위해 지상파 PD에게 연락했더니, 야구 중계가 끝나고 뉴스가 바로 이어져야 해서 마지막 아웃 카운트 후 클로징까지 여유 시간이 2분 정도밖에 없다고 했다. 계산 밖의 상황이 펼쳐진 것이다.

그래서 고 이광환 감독님의 이야기를 우승콜에 넣기로 했다. 특별한 의미가 있을 거라고 생각했다. 감독님께서 올 시즌 LG 트윈스의 개막전 시구를 하셨는데, 그의 시구로 시작한 시즌이 LG의 우승으로 끝나게 되었으니까.

우승 결정이 되자마자 처음에 '무적 시대의 선언'을 강하게 때리자. 그리고 그 뒤는 두 가지 버전을 생각했다. 계속 강하게 빵빵 때리는 버전 하나. 그리고 낮게 깔고 가는 버전 하나.

강하게 때리는 멘트로 생각한 것은

'당신이 뿌린 자율의 씨가 이렇게 컸습니다. 지금! 함께 하고 계십니까!'

였고, 톤을 낮게 가는 버전은

'함께 하고 있다고 믿습니다. 애타게 무적을 외친 당신의 마음과 사랑한다, 밤새워 노래한 당신의 마음이, 그리고 이 땅에 자율의 씨를 뿌리고 떠난 당신의 마음도 지금 이 순간 하나됨을 믿습니다.'

열차 안에서 여기까지 작성해 두고 더 이상 생각하지 않기로 했다.

경기 생중계에 들어갔다. 5회를 마치고 클리닝 타임. 이제는 결정을 해야 했다.

물론 한화도 계속 기회를 잡고 있는 상황이기는 했지만 결정을 해두는 것이 낫겠다는 생각에 패드를 열어 두 멘트를 마지막으로 비교했다.

그런데 강하게 때리는 버전은 왠지 2011년 삼성 라이온즈의 통합우승 당시 한명재 캐스터의 전설적인 우승콜 '보고 계십니까! 들리십니까! 당신이 꿈꿔왔던 그 순간!'을 너무 따라 하는 것 같은 생각이 들었다.

그래서 낮게 가기로 했다. 내 목소리를 믿고, 마이크를 믿고, 또 낮은 목소리가 더 큰 울림을 줄 수 있다는 선배들의 가르침을 믿었다.

그리고 11년 만에 생방송에서 우승콜을 담는 영광을 누렸다.

경기가 끝나고 오랜 LG 팬들에게서 즉각 좋았다는 반응이 왔다. 전날 우승콜을 기대한다는 연락보다 더 많은 연락을 받았다. 반면 좀 텐션 높은 콜을 기대했던 분들이나 고 이광환 감독에 대해 모르는 분들은 심심하다는 생각도 했을 듯 하다. 그렇게 생각할 사람들을 위해 앞의 '무적 시대의 선언'을 최대한 강하게 했던 건데, 확실히 계산과 실제는 다를 수도 있다. 아무튼 내 진솔한 마음을 전했기 때문에 후회는 없다.

서울에서 자랐기 때문인지 어린 시절부터 주변에 청룡에서 트윈스로 이어진 팬들이 참 많았다. 특히 90년대 이후 LG 트윈스를 좋아한다는 것은 특유의 세련된 핀 스트라이프 유니폼과 함께 마치 X 세대의 상징처럼 느껴지기도 했다.

1994년에는 나와 동갑내기인 김재현(현 SSG 단장) 선수가 고교를 졸업하자마자 바로 프로에서 맹활약을 펼치는 모습을 놀라움과 부러움으로 바라봤었다. 고졸 신인이 마음대로 그라운드를 누릴 수 있었던 것은 당시로서는 파격적이었던 고 이광환 감독의 자율 야구가 있었기 때문이다. 자율은 팀 LG의 전통이 됐다.

나는 30년 전에 뿌려진 '자율'과 지금 '무적'을 외치면서 LG를 사랑하는 팬들을 하나로 연결해보려 했다.

의도는 이랬지만 받아들이는 분들은 시청자다. 최선을 다했으니 그저 내 마음이 잘 전달됐기를 바랄 뿐이다.

〈2025.11.5.〉

야구 중계방송은 실수의 지뢰밭이다.

내가 처음 야구 중계방송을 했던 것은 메이저리그 위성 생중계로 2004년 내셔널리그 개막전, 애틀랜타와 신시내티의 경기였다. 아직도 그때를 생각하면 아찔하다. 도대체 무슨 정신으로 방송을 했는지 기억도 나지 않고, 어떻게 시간이 흘러갔는지도 모르겠다.

그냥 3시간 동안의 방송 자체가 실수였다. 로봇처럼 딱딱했던 오프닝에 라인업은 몇 번이나 더듬으며 읽었고, 중계방송의 기본인 플레이에 대한 콜은 반응과 멘트가 모두 한참 늦었다. 경기 중후반 선수가 바뀌는 것도 몰랐고, 내셔널리그의 더블 스위치(과거 투수가 타격을 하던 시절, 투수 타석에 대타를 기용하고 다른 타순에 투수 타순을 집어넣는 교체 방법)도 익숙하지 않아서 몇 번이나 틀렸다. 그래도 다행이었던 점은 시간이 내 의지와 상관없이 흘러갔다는 것이다.

실력에 발전이 없던 그 당시 중계방송에서 유일하게 배운 점이었다. 시간은 간다. 나는 내가 좋건 싫건 정해진 시간이 되면 배정받은 경기를 중계하기 위해서 자리에 앉아있고, 어떻게든 시간은 흘러서 내 방송이 엉망이건 진창이건 경기는 끝나더라.

그때에 비하면 조금 줄었지만 지금도 실수는 여전히 이어지고 있다. 어쩔 수가 없다. 야구 중계방송은 필연적으로 실수가 나올 수밖에 없는 구조다. 평상시에 서로 대화를 나눠도 사람의 이름을 한 글자씩 틀리는 실수를 할 때가 있는 것처럼 중계할 때도 마찬가지다. 아무리 주의를 해도, 마치 크리스토퍼 놀란 감독의 《인셉션》에 등장하는 생각의 씨앗이라도 되는 것처럼, 의식하면 할수록 더 틀린다.

이름과 관련해서 가장 아찔했던 실수는 지난 2021년 도쿄 올림픽 야구 중계방송이었다. '강백호'와 '강민호'가 동시에 라인업에 나왔는데 첫 경기에서 두 선수의 이름을 바꿔서 불렀다. 이후 뻔히 인지하고 있음에도 불구하고 적어도 예선 3경기에서만 두 선수 이름을 두어 차례 바꿔 불렀다. 모르고 했던 것은 첫 실수밖에 없었다. 이후에는 '틀리지 말아야지.' 라고 계속 생각하고 있어도 틀렸다. 결과적으로 무의식적으로도 틀리고, 의식적으로도 틀린 것이다.

경기 후반 종종 나오는 실수는 공격 측 감독이 대타나 대주자 등을 기용했을 때, 다음 이어지는 수비에서 캐스터가 이미 교체되어 나간 선수의 이름을 부르는 것이다. 또 대수비를 기용했는데 다음 공격 시 타순에서 이미 나간 선수를 부르는 경우도 비일비재하다.

이 실수의 원인은 아주 간명하다. 경기 중계방송을 하면서 작성하는 기록지를 공격과 수비 쪽 모두 바꿔야 하는데 한쪽만 바꿔서 그렇다. 둘 다 바꿔야지, 바꿔야지 생각하다가도 경기에 몰입하다 보면 한쪽만 바꾸고 넘어가다가 실수를 범한다. 아주 지긋지긋하다.

이미 AI 세계는 충분한 기술을 갖추고 있다. 나는 AI 캐스터도 충분히 가능하다고 생각한다. AI 캐스터라면 이름을 다르게 부르는 이런 지긋지긋한 실수는 아예 하지 않을 것이다. 심지어 AI 캐스터는 라이브 상황에서의 플레이 콜에 있어서도 놀라운 정확도를 담보할 수도 있다. 대신 한 가지 조건이 있다. 우리처럼 화면만 보는 것이 아니라 실시간 경기의 데이터를 연동시켜야 한다.

이미 PTS나 HTS, 트랙맨, 호크아이 등의 추적 기술은 투수가 던지는 순간부터 타자가 타격을 통해 결과물을 만드는 모든 순간을 실시간으로 추적하고 있다. 모든 움직임은 데이터가 되고, 당연히 그 결과값도 데이터화 한다. 따라서 그 결과값을 AI 캐스터와 실시간으로 연동하면 인간 캐스터와는 비교할 수 없는 정확도의 콜을 실시간으로 할 수 있을 것이다.

예를 들면 타격의 순간이라고 가정을 해보자. 타격의 순간, 그 타구의 속도와 발사 각도, 좌우 각도는 이미 나와 있다. 그에 따른 예상 비거리도 이미 결정이 되어 있다. 그러면 AI 캐스터는 타구가 홈런이 될지 안 될지도 맞는 순간 예측할 수 있다. 물론 추적치가 아닌 예측치에는 그에 따른 오류가 있겠지만, 화면을 통해서만 이 타구가 넘어가는지 안 넘어가는지와, 파울이 될지 홈런이 될지를 판단해야 하는 인간 캐스터보다는 정확할 것이다.

여기에 몇몇 캐스터의 상황에 따른 표현들을 학습시킨다면 플레이가 진행되는 시간 동안 가장 기본적인 '플레이 바이 플레이 콜'은 걱정을 할 게 없을 것이다.

지난 2024 파리 올림픽에서 미국의 주관방송사 NBC는 유명 캐스터 알 마이클스를 AI 캐스터로 등장시켰고, AI 알 마이클스가 하이라이트 영상을 중계했다. 어떤 원리를 적용한 것인지는 알 수 없다. 아마 두 가지 중 하나였을 것이다. 알 마이클스의 목소리를 AI로 완벽하게 복제해서 하이라이트 화면에 멘트 입력을 하면 중계방송 멘트가 나오는 방식이거나, AI가 화면을 읽어서 그에 따른 '플레이 바이 플레이 콜'을 하는 방식이거나. 만일 후자라면 우리가 일할 날이 이제 얼마 안 남은 것이다. 저 기술에 실시간 데이터만 연동시키면 AI 야구 캐스터는 당장 내일도 탄생할 수 있기 때문이다.

그럼 경기 중 비어있는 시간은 어떡하냐고? 사실 야구 중계 방송에서 절대적으로 더 긴 시간은 플레이가 진행되지 않는 시간이다. 그 시간 동안 AI 캐스터는 뭘 할 수 있을까? 나는 처음에 이런 시간 처리가 어려워서 AI 야구 캐스터가 불가능하지 않을까 생각했다. 그런데 이 분야의 전문가들과 이야기를 나눠보니 그 시간을 채우는 것이 오히려 더 쉽다고 한다.

그 시간의 중계 멘트는 주로 '선수 소개'와 '앞선 플레이에 대한 평가'가 주를 이루는데 선수 소개는 자막에 맞춰서 하면 되고, 플레이에 대한 평가는 해설위원에게 하는 질문의 패턴만 학습시키면 충분히 가능하다는 것이다. 처음에는 조금 어색할 수 있어도 그 어색한 기간만 버텨내면 충분히 AI 야구 캐스터는 가능하다.

그럼 왜 아직 AI 캐스터가 없을까? 단순하다. 경제적인 이유다.

AI 캐스터 개발에 필요한 초기 개발 비용이 인간 캐스터의 임금 비용보다 크다. AI 캐스터가 인간 캐스터보다 비교우위에 설 수 있는 가장 큰 요인으로 실시간 데이터 연동을 이야기했는데, 그 데이터 연동도 모두 돈이다. 물론 한 번 개발을 해두면 추후에 드는 비용이 더 적을 수 있겠지만 여기까지 생각을 하고 있는 개발사는 아직 없는 것으로 보인다.

또 다행히도 아직까지는 인간 캐스터들이 AI에게 자리를 위협받을 만한 치명적인 실수를 범하지 않았다.

나는 언젠가 AI가 우리의 잠재적인 대체재가 될 수 있다는 생각으로 일하고 있다.

지금 이 순간까지는 그들이 우리를 봐주고 있다는 생각을 가지고 말이다.

운 좋게 2004년부터 올림픽 중계방송을 했고
2008년부터 대한민국 국가대표팀 경기를 중계했다.
우리나라 경기의 중계방송을 하기 전까지
나는 내가 애국자인 것을 몰랐다.
국가대표팀 중계만 하면 경건해진다.
그리고 내 모든 것을 희생하고 싶어진다.
내가 애국자였나보다.

2부

'국가대표'

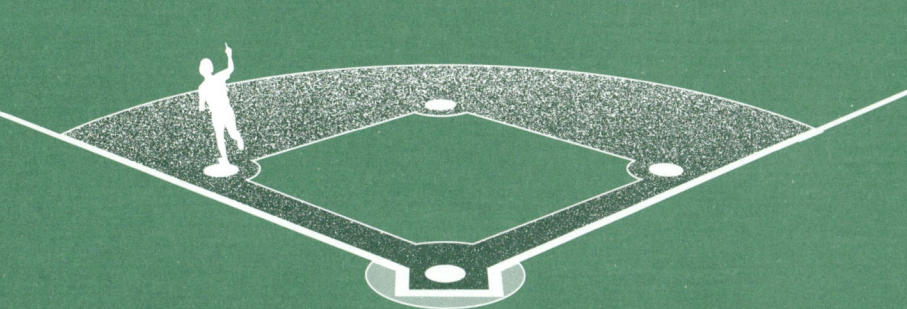

국제 대회, 좌측 보행과 우측 보행의 대결의 장

아무리 생각해도 우리는 참 말을 잘 듣는 사람들이다.

내 어린 시절만 해도 우리는 '좌측통행'을 했다. 학교에서 복도를 다닐 때 항상 좌측으로, 일렬로 걸었다. 초중고 내 학창 시절 전체가 좌측통행이었으니 꽤 오래 좌측으로 걷는 게 맞다고 생각하고 그 규칙을 지키면서 살았다.

그런데 생각하면 참 말이 안 되는 일이었다. 그때도 차량은 우측통행을 하고 있었으니까. 그러니까 우리는 꽤 오랜 시간 동안 차를 타서는 오른쪽으로 붙어서 가고, 차에서 내리면 왼쪽으로 붙어서 다녔던 것이다. 우리는 이렇게 살아왔기 때문에 이에 대해서 큰 어색함을 느끼지 않았다. 그러다가 어느 날 갑자기 우측으로 붙어서 걸으라고 했다.

우리는 참 말을 잘 듣는 사람들이기 때문에 '우측통행이 맞다'고 하자 우측으로 붙어서 걸으려 했다. 한반도에 도로 체계가 정비된 이후 무려 88년을 좌측으로 걷다가 2009년부터 우측으로 붙어서 걷기 시작한 것이다. 보행 체계의 근간이 바뀌었는데도 우리는 크게 불편해하지 않았다. 물론 우리처럼 쭉 좌측으로 걷던 사람들이 한번에 완벽하게 적응을 했던 것은 아니었다.

변경 초반에 복도나 계단에서 별생각 없이 왼쪽에 붙어서 걷다가 우측통행을 하는 사람들과 몇 번을 마주쳤다. 물론 반대의 경우도 있었다. 나는 오른쪽으로 걷고 있는데 좌측통행을 하는 사람들과 잠시간의 대치 상태가 이뤄지는 일들이 벌어졌던 것이다.

이럴 때마다 '내가 맞나?' 생각했던 기억이 난다. 그런데 이런 잠깐의 기억들이 항상 벌어지는 장소가 국제 대회다. 전 세계의 대략 35% 나라가 좌측통행을 하기 때문이다.

이럴 때는 우리나라에서 우측통행 시행 초기 빈번했던 '잠깐의 대치 상태'로 끝나지 않는다. 서로 본인의 보행 방식이 맞다고 생각하기 때문이다.

계단, 복도, 에스컬레이터 뿐 아니라 심지어 꽤 넓은 공간에서도 우리 같은 우측 보행인들은 좌측 보행인과 마주치게 된다. 당연히 꽤 급한 상황에서 빠르게 이동을 하다가는 부딪히는 일도 발생하게 되는데 그럴 경우, 말로는 서로 'Excuse me'라고 하지만, 살짝 원망하는 눈빛을 교환하기도 한다.

'급해 죽겠는데 쟤 어느 나라야?'

마음속에는 자연스럽게 이런 물음이 따라온다.

과거 영연방에 소속되어 있던 국가들 대부분이 좌측으로 걷는다. 영연방은 아니지만 일본도 마찬가지다. 특히 최근에는 많은 국제 대회가 일본에서 열렸기 때문에 이런 일이 더 빈번했다.

좌측 보행과 우측 보행의 양보 없는 대결의 장. 내게 올림픽과 아시안게임 등의 국제 대회는 줄곧 이런 이미지였다.

이런 자잘한 스트레스에도 불구하고 국제 대회 중계방송이 캐스터들에게 특정 종목의 중계방송과는 좀 다른, 더 큰 만족감을 주는 데에는 이유가 있다. 꽁꽁 싸매고 있던 본능을 해방시킬 수 있는 기회이기 때문이다.

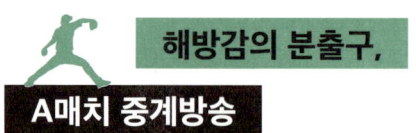

해방감의 분출구, A매치 중계방송

평상시 중계방송을 할 때는 최대한 중립을 유지하는 것이 내 일이고, 언제나 그러려고 노력한다. 짜릿한 승부가 나올 때 흥분감이 온몸을 휘감고, 그때마다 극적인 말들을 쏟아내려 노력하지만, 그것이 그 팀을 특별히 좋아한다는 의미는 아니다. 단지 그 순간이 짜릿했다는 뜻이다.

하지만 이런 감정 조절을 할 필요가 없을 때가 있다. 바로 국가대표팀 경기를 중계방송할 때다.

우리나라 국가대표팀 경기를 언제부터 중계방송했는지 정확하게는 기억나지 않는다. 첫 국제 대회 중계방송이었던 2004년 아테네 올림픽 때는 주로 우리나라가 아닌 미국의 드림팀과 유럽팀들과의 경기를 중계방송했고, 2006 도하 아시안

게임 때는 내가 중계방송을 하지 않았으니 아마도 2008년 올림픽이 대한민국 A매치 중계방송 데뷔가 아니었을까 한다.

당시 나는 지금은 고인이 된 조성민 해설위원과 합을 맞췄는데, 정규시즌 중계방송보다 훨씬 합이 잘 맞았다. 고 조성민 위원의 일본야구 지식도 중계에 잘 드러났고, 나도 당시 극적인 승리에 열심히 호응했던 걸로 기억한다. 이때의 중계방송은 지금까지도 가끔 재방송 된다.

A매치 중계에서 처음으로 진정한 해방감을 느꼈던 때는 2009년이었다. 해마다 대만에서 열리는 '윌리엄 존스컵'이라는 국제농구대회에 우리나라는 국가대표팀을 파견했다.(최근에는 프로팀을 주로 파견하고 있다.) 강정수 감독이 이끌던 당시 국가대표팀에는 양동근, 김주성, 이정석, 김민수 등 KBL에서 최고의 활약을 펼치던 선수들과 함께 중앙대학교 4학년생, 강병현 선수가 합류했다.

6차전은 한일전이었다. 80, 90년대만 하더라도 일본은 농구 대표팀 간 경기에서 우리에게 두 자릿수 점수 차 이상으로 패하는 경우가 다반사였지만, 슬램덩크의 나라답게 90년대 후반부터 농구에 엄청난 발전이 있었다. 경기가 열렸던 2009년 즈음에는 맞붙을 때마다 백중세의 경기가 펼쳐졌다. 윌리

엄 존스컵 6차전에서도 두 팀은 박빙의 경기를 펼쳤는데 점수는 우리가 계속 끌려다녔다. 일본의 한 슈터가 대단한 활약을 펼쳤는데, 오랜 시간이 지나는 바람에 그 선수의 이름은 잊어버렸지만 그 선수의 외모와 그가 만든 득점 장면들은 여전히 떠오른다. 그는 긴 머리를 포니테일처럼 질끈 동여매고 나왔는데 외곽에서의 슛도 좋았고, 돌파 후 골대 근처에 와서도 각이 잘 나오지 않는 상황에서 공에 회전을 줘서 백보드를 활용한 득점을 기록하기도 했다. 일본은 잘 통하는 공격 옵션인 그를 이용해 적극적인 공격을 했고, 우리는 전후반 내내 곤란을 겪었다.

결국 이 상황을 해결한 것이 양동근 선수와 김주성 선수였다. 추후 KBL의 위대한 선수가 되는 이 둘은 특유의 피지컬과 스피드로 종료 8초를 남기고 일본을 두 점 차까지 추격했다.

79:81, 우리는 두 점을 뒤져있었고, 양동근이 돌파를 하다가 골밑에 자리를 잡은 김주성에게 패스를 연결했다. 장신의 김주성에게 두 명의 수비가 붙었다. 그 순간 김주성은 상대의 더블팀 수비(한 명을 두 명이 수비하는 것) 덕에 외곽에 수비 없이 서있는 대표팀 막내 강병현을 발견하고 정확하게 패스를 이어줬다. 그리고 강병현은 과감하게 3점 슛을 던졌다.

3점 슛의 성공으로 82:81, 우리 팀의 역,전!

당시 중계방송에서 나는 미친 듯이 흥분했다. 우리가 두 점을 더 넣어서 최종 결과는 84:81이었다는데, 얼마나 흥분했는지 그 이후의 게임타임 8초는 기억이 나지 않는다.

예전부터 나는 내 야구 중계방송에서 잠겨있던 샤우팅을 봉인 해제해 준 선수가 SK 김연훈 선수(2011년 인천 두산 전 끝내기 홈런)라고 입버릇처럼 말해 왔다. 그 순간은 내가 죽는 날까지 잊지 못할 것이다. 반면 강병현 선수의 역전 3점 슛은 국가대표팀 경기였지만, 김연훈 선수의 끝내기 순간보다 2년 먼저 내 봉인을 풀었다.

2014년 MBC스포츠플러스에서 SBS 스포츠로 직장을 옮긴 후, A매치를 중계할 기회가 더 자주 찾아왔다. 아시안게임과 올림픽 중계방송에 꼬박꼬박 차출됐고, 그때마다 평생 기억에 남을 순간들이 하나둘씩 추가됐다.

2014년 인천 아시안게임에서는 농구 대표팀이 12년 만에 금메달을 따냈고, 2015 제1회 프리미어 12 준결승 한일전에서는 9회의 기적이 일어나면서 역전승을 거두고 결승마저 제패하는 쾌거를 이뤘다. 2016 올림픽에서는 펜싱 박상영의 '할 수 있다! 금메달'를 중계방송했고, 2018 평창 동계 올림픽에서는 역사적인 여자 아이스하키 남북 단일팀의 경기와 봅슬레이 대표팀의 대회 마지막 메달의 순간을 외칠 수 있었다.

이런 행운들은 2020년대 들어서도 이어지고 있다. 특히 펜싱은 이제 내게도 매우 중요한 종목이 됐다. 아시안게임과 2020 도쿄, 2024 파리 올림픽에서도 우리 펜싱 대표팀은 언제나 메달 사냥의 선봉에 섰다. 그들에게는 늘 고마운 마음뿐이다.

수많은 영광의 순간 가운데서도 다시 돌아가고 싶은 때가 있다.

'다시 한 번, 이걸 중계방송한다면?'

하는 생각이 드는 순간 말이다.

타임머신이 있다면 2015년 11월과 2016년 8월로 돌아가고 싶다.

먼저 2016년 8월의 이야기를 해보자.

작열하는
리우의 태양

2004년부터 하계 올림픽 중계방송을 해왔지만 올림픽 현장 중계방송은 이때가 처음이었다. 아무리 중계방송을 많이 해봤어도 올림픽이라는 큰 무대에 현장 데뷔한다는 사실에 떨리는 마음이 가득했다. 그런 마음을 알았는지 회사에서도 신경을 많이 써줬다.

직전 종합대회인 2014 인천 아시안게임에서 배성재라는 SBS의 대표 캐스터가 펜싱을 담당했었는데 그는 다른 현장 중계 일정이 많은 관계로 이 종목이 나에게로 오게 됐다. 해설위원 또한 새로운 인물이 선임됐다. 지난 런던 올림픽에서 사브르 단체팀의 맏형이었던 원우영 선수가 해설을 맡게 된 것이다.

현역 선수가 해설을 맡은 이유가 있었다. 당시만 하더라도 펜싱에 걸려있던 금메달의 수는 10개였다. 남녀 각 종목

에페, 사브르, 플뢰레에서 한 개씩. 그리고 2020 도쿄 올림픽까지 단체전은 이 세 종목 중 두 종목만 열렸다. 한 종목씩 치르지 않는 종목이 있었던 것이다. 공교롭게도 순번상 2016 리우에서는 '사브르 단체전'이 치러지지 않았다. 이렇게 IOC의 관습적인 종목 행정 덕에 2020 도쿄 올림픽까지 단짝으로 함께한 원우영 해설위원이 내 곁으로 오는 행운이 펼쳐진 것이다.

처음 만나는 콤비를 위해서 회사는 매우 적극적으로 리허설 기회를 줬다. 아마 대회가 열리기 전까지 6~7회 정도 리허설을 했을 것이다. 에페, 플뢰레, 사브르의 모든 종목을 번갈아 리허설 했고, 리허설을 거듭하면서 종목에 대한 적응과 함께 해설위원에 대한 신뢰도도 점점 높아졌다.

사실 펜싱은 올림픽이나 아시안게임 때나 중계 되지, 평상시에는 시청자들이 접할 기회가 거의 없다. 물론 아주 관심 있는 사람들은 유튜브 등으로 그랑프리나 월드컵, 세계 선수권을 볼 수 있지만, 그런 적극적인 시청자는 극소수에 불과하다.

나는 팬들이 낯설게 느낄 수 있는 종목을 중계하는 데 있어서 두 가지 방법 중 하나를 선택해야 했다. 먼저 '친절한 선생님'이 되는 방법이다. 득점이 나오거나 기술이 발휘될 때, 친절한 선생님이 돼서 이 기술이 무엇인지 설명하고, 용어를 우리말로 풀어주는 방법이다. 이 방법의 장점은 이 종목을 처음 접하는 사람들에게 훌륭한 길라잡이가 될 수 있다는 점이다. 반면 점수 싸움이 치열할 때 용어에 대한 설명이 들어갈 경우, 박진감이 떨어질 수 있다는 단점이 있다.

두 번째는 '타 종목의 중계 방식을 차용'하는 방법이다. 펜싱과 가장 유사한 종목을 골라서 그 종목의 중계 방법을 따라 하는 것인데, 이 경우 장점은 박진감을 살릴 수 있고, 단점은 중계가 끝나도 시청자들이 펜싱 용어에 대한 정보를 잘 알 수 없다는 점이다.

나는 펜싱 중계가 전자보다는 후자가 되기를 원했고, 원우영 위원에게도 동의를 구했다.

"복싱이나 킥복싱 같은 입식 타격 격투기 중계방송에 펜싱 중계를 대입해 보고자 해요. 어려운 용어도 필수적인 것 외에는 다 빼고요. 제 멘트에서는 뚜셰(Touché, 접촉)와 팡트(Fente, 기본 공격 자세, 영어로는 런지Lunge에 해당. 추후 중계방송에서는 런지로 완전히 대체), 리포스트(Riposte, 반격) 정도만 남기고 나머지는 다 행동 묘사로 가보려고 하는데 어떻게 생각해요? 필수적인 설명이 있어야 한다면 원 위원이 짧게 핵심만 이야기해 주고요."

"저도 같은 생각입니다. 펜싱 중계방송이 어렵지 않았으면 좋겠어요. 최대한 캐스터님 의견에 맞추겠습니다."

원 위원도 내가 설정한 방향에 동의를 해주면서 우리는 이렇게 닻을 올렸다. 2021년에 열린 2020 도쿄 올림픽에서 선수들 메달마다 울음을 터뜨리는 울보 해설위원과의 콤비플레이는 이렇게 시작하게 된 것이다.

당시 원우영 위원은 현역 선수로 뛰던 시기였고, 만일 사브르 단체전이 종목에 포함되었다면 랭킹상 대표팀으로 경기에 나갔을 것이다. 그러나 사브르가 단체전 종목에서 빠지면서 아쉽게 태극마크를 달지 못했고, 그에 대한 본인의 아쉬움도 매우 컸던 것으로 기억한다.

반면 나는 큰 걱정이 없었다. 2012 런던 올림픽에서 사브르 단체전의 마지막 주자로서 우승 확정의 뚜셰 이후, 그 환희에 찬 세리머니로 스포츠 팬들에게 깊게 각인된 원우영 해설위원이 바로 내 곁에서 함께 하고 있다는 것이 가장 큰 믿을 구석이었으니 말이다.

24시간의 비행, 대기 포함 총 이동이 30시간 가까운 리우까지의 여정은 다행히 2014년 월드컵 경험 덕에 상대적으로 수월했다.

리우에 도착하자마자 나의 든든한 믿을 구석, 원우영 위원은 엄청난 위력을 발휘했다.

당시 FIE(국제펜싱연맹)에서는 대회 개막을 앞두고 세계 각국의 올림픽 펜싱 중계진을 위해서 '펜싱 레슨' 시간을 마련했다. 직접 칼을 잡고 기초적인 동작을 배워보는 시간이었는데 남자 플뢰레의 상위 랭커, 미국의 레이스 임보든(성이 임 씨인 한국계가 아니다. 전체 이름이 Race Imboden) 선수가 동작 시범과 대련을 위해서 초청됐다.

"쟤는 왜 여기 와있어?"

원 위원은 이렇게 한마디 툭 던지더니 임보든에게 다가갔다. 임보든은 어리둥절한 표정을 지으면서 원우영 위원에게,

"You! You! You must be!"

를 연발하면서 살짝 당황했는데, 아마 뒤에 하고 싶었던 말은

"(너) 금메달리스트가 왜 여기 있어?"

였을 것이다.

FIE의 펜싱 레슨 진행 측도 원우영 위원을 보고 깜짝 놀랐다. 원 위원은 방송 때문에 여기에 왔다고 하면서 임보든의 시범 동작을 마치 모범생처럼 하나하나 따라했다. 직전 대회 금메달리스트가 보여주는 이런 모습에 아마 FIE는 더 놀랐을 것이다. 원 위원은 나에게도 스텝과 칼을 다루는 요령을 알려줬다. 그의 레슨은 물론 내게 큰 도움이 됐다.

이날 임보든은 전 세계에서 온 거의 모든 중계진과 한 점짜리 대련을 했다. 물론 나와도 했다.

"지금까지 배운 방법이 아니라도 좋으니 칼로 내 몸의 어디든 맞춰 보라."

하지만 아무도 그를 건드리지 못했다.

상대방이 칼을 휘두를 때 그는 이미 거리 밖에 있었으며, 순식간에 다가와서 칼을 상대방의 앞에 대고 동작을 멈췄다. 그는 투우사 같은 화려한 동작으로 우리를 상대했다. (그때부터 끼가 다분해 보였던 그는 지금은 모델로 활약 중이다.)

사실 그가 원우영 위원과 한 점 대련을 하면 어떤 일이 벌어질까, 우리 주변의 많은 사람이 궁금해했으나 원 위원은 대련을 거절하고 웃으며 말했다.

"저 친구는 대회를 앞두고 있는데 괜히 저랑 했다가 자신감 잃으면 안 돼요."

올림픽 개막 직후인 8월 6일부터 시작된 펜싱 종목에서 우리 대표팀은 다소 부진한 흐름을 타고 있었다.

첫날 여자 에페에서 기대를 걸었던 에이스 최인정 선수가 다소 유럽의 강자들을 꺾으면서 순항하다가 8강에서 만난 당시 세계 랭킹 1위 로셀라 피아밍고에게 일격을 당하면서 탈락했다.

대회 2일 차는 남자 플뢰레, 대표팀의 허준 선수가 1라운드, 32강에서 홍콩의 신흥 강자 청카롱 선수를 만나 일방적으로 패하고 말았다. 후에 그는 2020, 2024 올림픽 2연패를 달성하는 위업을 달성했다.

대회 3일째는 여자 사브르로 지난 런던 올림픽 금메달리스트인 김지연 선수가 버티고 있었기 때문에 내심 큰 기대를 걸고 있었다. 게다가 서지연과 황선아 선수까지 대표팀이 3명이나 출전했기 때문에 지난 이틀과는 다른 하루가 될 것으로 예상했다. 그러나 서지연, 황선아 선수는 32강에서 만난 유럽 선수들의 벽을 넘어서지 못했고, 믿었던 디펜딩 챔피언 김지연 선수마저 16강에서 탈락하고 말았다.

국제 대회에서 펜싱 경기는 통상적으로 오후 2시까지 8강을 치른다. 이때까지는 네 경기가 동시에 진행된다. 이후 탈락 선수들의 순위 결정전이 치러지는 동안 4강에 오른 네 명의 선수는 충분한 회복 시간을 갖고, 준결승, 3, 4위전, 결승전까지 네 경기가 저녁 및 밤 경기로 파이널 피스트에서 치러지게 된다.

리우 올림픽에서 내가 담당했던 종목은 펜싱, 배드민턴 그리고 남자 농구 드림팀(미국 대표팀)의 경기였다. 펜싱이 대회 전반부였고, 배드민턴은 대회 중반부터 다른 캐스터들과 번갈아 가면서 중계할 예정이었다. 드림팀 경기도 8강부터 해설위원 없이 혼자 하이라이트 더빙을 하게 되어 있었다.

즉, 올림픽 전반부에는 펜싱 경기가 끝나면 내 하루 일정이 끝나는 것이었다. 펜싱만 해설하는 원우영 위원도 마찬가지. 펜싱 일정이 시작된 후 첫 3일 동안 우리들의 일정은 점심식사도 하기 전, 오전에 끝났다. 매일매일 허무하게 숙소로 발걸음을 돌려야 했다.

나는 이 기간 동안 원우영 위원의 러닝 파트너가 됐다. 원우영 위원은 현역 선수였기 때문에 계속 몸 상태를 유지해야 했다. 오전에 치뤄지는 예선에서 우리 선수가 탈락하면 바로 숙소로 돌아가 간단한 식사와 휴식을 하고 원 위원과 운동을 시작했다. 이때 원 위원이 진천 선수촌의 펜싱 선수들이 한 시간 동안 러닝머신을 타는 방법을 나에게 알려줬다.

머신 위에서 하는 스트레칭을 시작으로, 천천히 체온을 올리는 워킹, 중간 단계 속도의 러닝, 그리고 체온이 완전히 올라온 후 이어지는 고강도 인터벌 러닝까지. 그런데 본 운동이 끝났다고 끝난 게 아니었다. 이들은 내가 그동안 모르던 걸 했다. 바로 쿨다운이었다. 꼭 본 운동이 끝나면 약한 강도로 서서히 속도를 늦춰가면서 5분에서 10분을 더 탔다. 이렇게 한 시간의 러닝 한 세트가 끝나면 근육 운동을 하지 않아도 기진맥진해졌다.

"힘들죠? 우리는 이게 시작이에요. 헤헤."

처음 함께 머신을 타고 나서 원우영 위원의 이 말 한마디에 얼마나 놀랐는지 모른다.

그 러닝을 시작으로 남은 오후를 내내 운동을 하면서 시간을 보냈다.

'나는 여기에 중계방송을 하러 왔는가? 운동을 하러 왔는가?'

이런 생각을 하기도 했다. 미디어 빌리지 피트니스 센터의 러닝머신과 운동 기구는 낮 시간 동안 내내 나와 원우영 위원이 독점하는 것과 마찬가지였다.

이후 다른 종목의 캐스터와 해설위원이 하나둘씩 돌아오면 함께 저녁 식사를 하면서 선전하고 있는 타 종목 캐스터와 해설위원을 부러움 가득한 눈으로 바라봤다.

"우리는 언제 메달 딸까요?"

원 위원의 한숨 섞인 한마디에 나는 이렇게 말했다.

"조금만 기다려 보세요. 제가 그래도 경기 운이 좀 좋아요. 대회 끝나기 전까지 한 번은 기회가 올 거예요."

대체 무슨 자신감으로 저런 말을 했을까? 대화 상대를 안심시키기 위해서 했던 말이기는 했을 텐데, 다행이었던 점은 저 이야기가 원 위원의 멘탈 유지에 큰 도움이 됐다는 것이다. 원우영 위원은 지금까지도 만나서 소주 한 잔을 기울일 때마다 저 이야기를 한다.

　　"그때 그 말이 얼마나 큰 힘이 됐는지 몰라요. 그리고 실제로 그런 날이 왔잖아요. 진짜!"

　　그랬다.

　　작열하는 리우의 태양 아래서 진짜 그날이 다가왔다.

"오늘 일 낼 것 같아요."

펜싱 경기장으로 향하면서 원우영 위원이 나에게 말했다. 나는 고개를 끄덕이기는 했지만 사실 믿지는 않았다. 지난 사흘 내내 원 위원이 숙소를 나서면서 내게 입버릇처럼 했던 말이었기 때문이다.

경기장에 도착해서 원 위원은 잠시 첫 라운드를 앞두고 있는 선수들의 상태를 체크하고 올라왔다.

"상영이(박상영 선수)가 좋아요. 진짜 좋아요."

그 이야기를 듣고 되물었다.

"어떤 점이 좋다는 거예요?"

"상영이 같은 스타일이 유럽에 없어요. 저렇게 작고 빠르고 과감한 스타일의 선수가요. 지금 보니까 발이 완전히 살아있어요. 하나 걸리는 게 16강 가면 진선이(정진선 선수, 2014 인천 아시안 게임 에페 남자 개인 금메달)와 만나는데 둘이 조가 달랐으면 좋았을 텐데 그게 아쉬워요. 둘 다 4강까지는 충분히 바라볼 수 있는 선수들인데요. 오늘은 괜찮을 것 같아요."

이때부터 조금씩 '오늘은 한 번 믿어볼까?'하는 생각으로 바뀌기 시작했다.

원우영 해설위원은 대학 동기이자 런던 올림픽 플뢰레 개인전 동메달리스트인 KBS의 최병철 해설위원과 계속 의견을 교환했다. '괴짜 검사'로 알려진 최병철 위원도 박상영 선수를 높게 평가하고 있었다.

"오늘은 하나 땁시다! 정말!"

방송사가 문제가 아니었다. 펜싱 경기장의 우리나라 중계진은 모두 한마음이었다. 본인이 메달을 따는 것은 아니지만 그간의 답답함을 누군가가 날려주기를 모두가 기대하고 있었다.

'에페'는 펜싱의 세부 종목 중 가장 직관적인 종목이다.

선수들은 모두 칼끝으로 상대를 찌르는 것만 가능하고 공격 대상 범위는 전신이다.

많은 사람이 펜싱을 보다가 동시에 점등이 될 때 '누가 점수를 땄는지 모르겠다'고 하는데, 그건 공격 우선권(Priorite, 프리오리떼)이 있는 플뢰레와 사브르의 경우다. 에페는 간단하다.

칼끝으로 상대를 찔러서 점등 = 득점

동시 점등 = 동시 득점

먼저 찌르면 점수가 올라가고, 동시에 찔러도 같이 점수가 올라간다. 동시 점등, 동시 득점 룰 때문에 점수가 3~4점 차로 벌어질 경우, 경기 후반에 승부를 뒤집기가 매우 어려워진다. 따라서 초반부터 앞서는 경기 운영을 하는 것이 매우 중요한 종목이 펜싱의 '에페'다.

이날 박상영, 박경두, 정진선 세 명의 선수가 출전했고, 박상영, 박경두 선수는 32강 경기부터, 정진선 선수는 64강부터 경기를 치렀다. 가장 먼저 경기를 치른 정진선 선수는 첫 경기를 간단하게 제압하고 32강에 합류했다.

32강에서 가장 먼저 경기를 치른 박경두 선수는 3라운드까지 가는 접전을 치르다가 두 점차로 아쉽게 패했다.

같은 조의 정진선, 박상영 선수의 32강 경기는 동시에 펼쳐졌는데 우리 남자 펜싱 에페의 에이스 정진선이 32강에서 이탈리아의 엔리코 가로초에게 덜미를 잡히고 말았다. 64강부터 시작하면서 본격적인 32강 첫 경기에 시드 선수와 맞붙은 것이 불리하게 작용한 듯 했다. 반면 박상영 선수는 러시아의 수코프 선수를 맞이해서 4점 차 승리를 거두고 32강에 올랐다. 그리고 정진선에게 승리한 가로초와 16강에서 만나게 됐다.

"아깝지만 차라리 잘됐어요. 우리 선수끼리 붙어서 한 명 떨어지면 마음 아프잖아요. 상대가 아무리 강해도 상영이가 이기면 돼요."

32강이 끝났을 때 우리 선수 중에는 박상영 선수, 단 한 명밖에 남지 않았다. 그래도 원우영 위원은 그 가운데서도 희망을 찾으려고 노력했다. 그도 그럴 것이 지난 사흘 동안의 아쉬움이 너무 컸기 때문에 우리 입장에서는 어떻게든 긍정적인 요소를 찾아내야 했다.

'오늘도 하루 일과가 일찍 끝나려나?'

이런 생각을 하고 있던 가운데서 원 위원의 '상영이가 이기면 된다'는 말에 다시 희망을 갖기 시작했다.

펜싱 검을 들고

"박상영 선수의 주특기가 지금 보신 플래시입니다. 그냥 상대를 향해서 날아들어 갑니다. 그걸 알면서도 너무 빨라서 못 막습니다."

원우영 위원은 박상영 선수의 플래시를 이렇게 설명했다.

'아니? 저렇게 날아들어 가는 동작이 주특기가 될 수 있다고?'

나는 설명을 들으면서 깜짝 놀랐다.

무협지를 읽다 보면 '오의'라는 것이 등장한다.

'오의'란 절세 고수가 오랜 시간을 수련하면서 터득한 궁극의 무공을 뜻한다.

중요한 것은 '오의'를 얻기 위해서는 오랜 시간의 수련이 있어야 한다는 점이다. 무도가가 한 동작을 오랫동안 끊임없이 반복하면 그 동작이 심오함과 깊이를 가지게 되고, 아무리

막으려 해도 막을 수 없는 절대적인 동작이 된다는 것.

2000년대 종합격투기의 시대가 도래하면서 무협지 속에 등장하는 중국 무술은 철저한 환상이라는 것을 모두가 알게 됐다. 마음만 먹으면 유튜브에서 태극권이나 영춘권 같은 중국 전통 무술 고수들이 MMA, 킥복서, 복싱 선수 같은 현대 격투가에게 채 10초도 버티지 못하고 나가떨어지는 영상들을 수십 개 찾을 수 있다. 당연히 오의도 없고, 절초(절대적인 초식)나 내공(오랜 수련을 통한 신체 내부의 공력)이라는 것은 더더욱 없다.

나는 그걸 너무 잘 안다. 2004년부터 국내에 선풍적인 인기를 불러일으켰던 입식 격투기, K-1의 전성기를 가장 가까이서 지켜봤기 때문이다. 당시 테크노 골리앗, 최홍만의 K-1 진출로 대중에게도 K-1이 널리 알려지게 됐다. 2005년 최홍만이 K-1에 진출한 이후, 우리나라에는 격투기 붐이 일었고, 그 1년 동안 역대 케이블 시청률 기록이란 기록은 전부 다 바꿨다. 평균시청률, 순간시청률 전부 말이다. 이 기록은 추후 《응답하라》 시리즈가 나오기 전까지 바뀌지 않았다. 나는 본격적으로 야구 중계방송을 하기 전까지 K-1 캐스터였고, 체감상으로는 솔직히 지금보다 그때가 젊은 층들 사이에서는 더 유명했던 것 같다.

격투기 캐스터였던 만큼 나는 격투 종목을 객관적으로 보려고 노력했다. 격투기에 환상을 자극하는 무언가는 존재하지 않는다는 것을 알고 있었기 때문이다.

하지만 박상영의 '플래시'는 달랐다. 이날 박상영의 플래시는 중국 무술로 치면 '절초'이자 '오의'였다.

플래시라는 동작은 순간적으로 상대에게 날아들면서 칼끝으로 상대를 찌르는 기술이다. 주로 에페와 사브르(사브르의 플래시에서는 찌르기 뿐 아니라 베기도 가능)에서 사용한다.

그러나 그렇게 자주 나오는 기술은 아니다. 아무래도 상대를 향해 돌진하기 때문에 준비 동작을 취할 때 틈이 생기기 마련이고, 또 그 과정에서 찔리지 않고 동작을 시작한다고 하더라도 상대를 향해 달려들어 가는 과정에서 동작이 커지기 때문에 역공을 당할 우려가 있다.

태권도나 킥복싱으로 예를 들어 보자. 먼 거리를 달려서 날아오른 후 발차기를 하면 훨씬 더 큰 파괴력을 낼 수 있다는 것을 모두가 알고 있다. 그래도 그 동작을 하지 않는 이유는 동작이 커지기 때문이고, 날아올라 있을 때 무방비 상태가 되기 때문에 역공의 우려가 있어서라는 것.

펜싱에서는 태권도 같은 입식 격투기의 날아서 하는 공격

보다는 확실히 플래시가 자주 나오기는 하지만, 발찌르기 같이 기습의 의도가 매우 크고, 또 경기 막판 시간에 쫓길 때는 플래시를 제외한 다른 공격의 방법이 없기 때문에 사용하는 것이다. 사실 후자의 경우 역공에 더 자주 노출되기도 한다.

그럼에도 박상영의 주무기는 이 플래시였다. 플래시의 약점들을 극복했기 때문이다. 박상영의 플래시에는 예비 동작이 없다. 그냥 서서 스텝을 밟다가 전방으로 쏟아져 들어간다. 또 전방 쇄도 시에 동작을 빠르게 함으로써 역공의 타이밍을 주지 않았다. 소위 말하는 대한민국의 '발 펜싱'이 '플래시'라는 기술로 극대화된 것이다.

2016년 8월 9일의 박상영은 상대방을 향해 날고 또 날았고, 달려들고 또 달려들었다.

32강에서 정진선을 꺾었던 가로초를 16강에서 만나 승리했고, 8강에서는 스위스의 막스 하인저에게 대승을 거두면서 준결승에 진출했다.

드디어 나와 원우영 위원에게 오후 중계방송 일정이 생긴 것이다. 우리는 뛸 듯이 기뻤다. 경기장 근처의 레스토랑에서 햄버거로 간단하게 허기를 달랬다. 준결승 전까지는 4시간 정도의 여유가 있었다.

우리는 숙소로 돌아갔다.

그동안 해왔던 것처럼 함께 러닝머신을 탔다.

펜싱 선수처럼.

힘들게.

'할 수 있다.
할 수 있다'

　　　　　　준결승 두 경기와 동메달 결정전, 그리고 결승. 이렇게 네 경기만 열리는 파이널 피스트는 매 대회마다 최대한 멋진 분위기의 연출로 공개한다. 일반적으로 평상시 경기가 열리는 네 개의 피스트보다 높은 위치에 있다. 이번 대회도 그랬다.

　우리는 박상영 선수 덕분에 이번 대회에서 파이널 피스트를 처음으로 볼 수 있었다. 박상영은 준결승에서도 우리를 실망시키지 않았다. 완전히 흐름을 탔고 준결승에서도 스위스의 베냐민 슈테펜 선수를 만나 압승을 거두고 결승에 진출했다. 2000 시드니의 이상기와 2012 런던의 정진선 선수는 각각 파이널 피스트를 밟는 데는 성공했지만, 결승에는 오르지 못했다. 박상영의 결승 진출은 대한민국 에페 역사상 첫 기록이었다.

이후 벌어진 일들은 모두가 알 것이다.

박상영은 헝가리의 게자 임레 선수를 만나서 2라운드까지 13:9로 넉 점 뒤졌다. 그리고 3라운드를 앞둔 1분 휴식 시간, 어딘가에서

"할 수 있다!"

라는 외침이 들렸다. 박상영도 함께 되뇌었다.

"할 수 있다. 할 수 있다."

그리고 마침내, 에페라는 종목에서는 불가능에 가까운 역전으로 금메달을 따냈다.

아름답다. 그러나 그날 내 중계방송은 그렇게 아름답지 못했다. 오히려 낙제점에 가까웠다.

가장 중요한 포인트였던 "할 수 있다. 할 수 있다."를 놓쳤다.

2라운드 이후 1분 휴식 동안 나는 박상영 선수가 4점이 뒤처진 절망적인 상태에서 어떻게든 시청자들을 채널에 머무르게 하려면 높은 텐션을 유지해야 한다고 생각했다. 그래서 원우영 위원과 함께 지금까지의 흐름에 대한 이야기와 함께 마지막 3라운드에서 박상영 선수가 어떻게 경기를 풀어야 할지에 대해 최대한 긍정적인 톤으로 대화를 나눴다.

그리고 우승의 순간, 나는 이렇게 말했다.

"지구 반대편, 잠들어 있는 여러분을 위해 알려드립니다. 외쳐드리겠습니다! 박상영 금메달! 박상영 금메달! 여러분은 기적의 순간을 함께 하셨습니다."

아마 '할 수 있다'를 알았다면 다른 금메달 콜을 했을 테고, 그 콜이 훨씬 감동적이었을 것이다. 그래서 지금까지도 그 중계방송에 대한 아쉬움이 크다.

당시의 나는 분명 뭔가 들려온다는 것은 알았는데 그보다 '내 방송'이 더 중요했다. 관중석에서 '우리말'이 들려온 순간, 온 신경을 그쪽으로 쏟았어야 했는데 말이다.

그후 아무리 국가대표 경기라서 흥분해 날뛰더라도 화면 속의 의미를 놓치지 않으려고 노력 중이다. 그 덕분에 지난 2020 도쿄 올림픽에서 사브르 남자 단체전 금메달의 순간, 구본길 선수가 결승에서 다른 멤버들을 응원하면서 외쳤던 "의심하지마!"를 금메달 콜에 녹여낼 수 있었다.

큰 아쉬움도 있었지만 이를 바탕으로 나는 발전했다. 아쉬움 속에서도 긍정적인 부분을 찾아내는 것. 펜싱의 오랜 중계 파트너였던 원우영 위원에게 배운 점이다.

그렇다면 앞서 이야기했던 다른 돌아가고 싶은 순간인 2015년 11월에는 어떤 일이 있었던 걸까?

파트너가 떠났다

2015년 프리미어 12, 제1회 대회.

샷포로에서 시작해 대만의 타이중과 타이베이, 두 도시를 오가며 예선 경기가 치러졌다. 이 대회는 추후 올림픽 예선이 된다고 했다.

나는 대회를 앞둔 2015년 여름부터 중계방송에 대해 들었고, WBSC 회장이 내한했을 때 공식 기자회견 사회도 보는 등 나름 마음의 준비를 하고 있었다. 그런데 변수가 발생했다. 오랫동안 호흡을 맞춘 이순철 해설위원이 김인식 감독의 부름을 받아서 프리미어 12 대표팀의 타격 코치로 부임하게 된 것이다.

2007년부터 2015년까지 이순철 해설위원이 현장에 복귀했던 시기를 제외하면 주요 경기에서 항상 콤비로 활동했기 때문에 이렇게 중요한 대표팀 경기에 이순철 해설위원이 없다는 것은 이 대회를 앞둔 내게 엄청난 불안 요소였다.

회사는 이순철 위원의 대안을 찾았다. 우선 빅 네임을 영입했다. 아직 현역이었던 이승엽 선수를 특별 해설위원으로 초청한 것이다. 그리고 이승엽 위원을 방송적으로 도와줄 수 있는 해설위원으로 안경현 해설위원을 낙점했다. 거기에 캐스터인 나까지 이렇게 셋이 일단 삿포로의 개막전을 중계방송하기로 했다. 대만으로 넘어가서는 현역 시절 한 팀에서 뛰었던 이종열, 최원호 위원이 함께 중계방송하기로 했다.

시청자들에게 익숙하지 않은 중계진에 대한 평가는 대표팀의 경기 결과에 달려 있다. 그뿐만이 아니다. 시청자들은 처음 보는 중계진의 한마디 한마디에 매우 냉혹하다.

우리에 대한 평가도 매우 냉혹했다. 하지만 결론적으로 우리는 이로 인해 매우 마법 같은 순간을 맞이하게 된다.

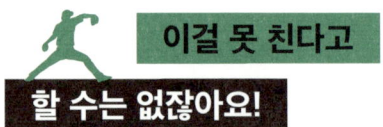
이걸 못 친다고 할 수는 없잖아요!

1회 프리미어 12의 개막전이었던 삿포로돔에서의 한일전.

우리는 이 경기에서 성인 대표팀의 유니폼을 입은 오타니 쇼헤이를 처음 만났다.

그는 이 경기에서 시속 161km의 빠른 공과 시속 150km의 포크볼을 던졌다. 물론 우리도 리그에서 시속 160km의 공을 만난 적이 있다. 리즈라는 투수의 빠른 공이 시속 160km를 찍었었다. 그러나 리즈는 그 공을 꾸준히 던지지는 못했고, 휴식일이 충분했을 때나 중요한 경기 때 시속 160km짜리 공을, 한 경기에 서너 개가량 던졌다. 완벽하게 제구가 이루어진 공도 아니었다.

하지만 오타니는 달랐다. 경기 시작과 동시에 시속 159km로 시작해서 경기 내내 시속 160km를 넘나들었다. 이승엽 위원은

"초구부터 공략해야 한다. 이럴수록 적극적인 타격이 필요하다."고 강조했다. 또 안경현 위원은 "우리 선수들이 공략할 수 있는 공이다. 타순 한 바퀴 돌고 두 번째 타석에 들어가면 충분히 공략 가능하다. 이 정도 공은 우리 리그에서도 봤다."라고 말했다.

하지만 그런 일은 일어나지 않았다.

추후 투타에서 모두 메이저리그를 정복하게 되는 오타니다웠다. 지금 돌이켜보면 타자 오타니로 출전하지 않은 것에 감사해야 할 지경이라고 보는 것이 맞겠다. 우리는 오타니의 공을 6이닝 동안 아예 건드리지도 못했다. 그는 6이닝 동안 91개의 공을 던지면서 삼진 10개를 잡았다. 볼넷과 안타는 각각 1개씩 허용했고 무실점으로 아웃카운트 18개를 처리했다. 경기는 우리의 완패로 끝났다.

경기를 마쳤는데 안경현 위원에 대한 비판이 소셜과 커뮤니티에 넘쳐났다. 요지는 이랬다.

'왜 못 칠 공을 칠 수 있다고 해서 우리에게 헛된 희망을 주는가?'

'왜 객관적으로 못 보나? 저걸 어떻게 치겠나?'

'우리가 시속 160km짜리 공을 언제 봤나?'

많은 사람이 우리 대표팀의 무기력한 패배에 대한 화풀이를 해설위원에게 하고 있었다.

사실 정규시즌 중계방송에서는 이런 반응에 크게 신경 쓰지 않는 안경현 위원이었지만, 이날은 주변 사람들에게 전해 들었는지 은근히 신경을 쓰고 있다는 것이 느껴졌다. 경기가 끝나고 맥주 한 잔을 나누면서 안 위원은 답답한 심경을 토로했다.

"우영 씨! 이걸 못 친다고 할 수는 없잖아요! 저도 처음에 오타니가 던지는데 느낌이 쎄한 거예요. '도저히 못 치겠는데?' 이런 생각은 드는데, 세상에 어느 A매치 중계방송에서 해설자가 '우리 이번에 못 칠 것 같아요.'라고 해요. 희망을 줘야지."

그의 말이 옳았다. 만일 그 상황을 객관적으로 보면서 '이번 공격에서 우리는 오타니 선수 공은 건드리지도 못하겠는데요?'라고 했다면 아마도 그에게는 '매국노' 혹은 '친일파' 같은 별명이 붙었을 것이다.

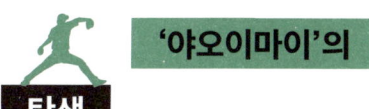

'야오이마이'의 탄생

　　　　　　　　　일본에서 열린 예선전 첫 경기 한
일전 이후, 우리나라는 대만으로 가서 경기를 치렀다.

　이승엽, 안경현 해설위원과 도쿄돔에서 다시 만날 수 있기
를 기대하면서 나는 대만으로 향했다. 그곳에서는 이종열, 최
원호 위원과 중계방송을 했다.

　중계방송에 대한 야구 팬 들의 평가는 여전히 냉정했다. 아
니, 솔직히 말해서 대만에서 열리는 경기들에는 대중의 관심
조차도 없었다. 모든 것이 첫 경기 한일전의 패배에 대한 실
망감 때문이었다.

　그렇게 무관심 속에 사투를 벌이면서 조별 예선 마지막 경
기인 미국과의 경기까지 가게 됐다.

　이 경기에서 미국의 선발투수 제크 스프루일(후일 기아 타이거
즈의 선수가 됨)을 공략하지는 못했지만, 이후 불펜투수들을 두

드리는데 성공하면서 승부를 연장까지 끌고 갔다. WBSC의 원칙에 따라 승부치기(국제 대회에서 2008년부터 적용한 승부 촉진룰, 무승부를 방지하고 시간 지연을 방지하기 위한 규칙)가 진행됐는데 우리의 수비 상황에서 2루심인 대만 심판의 명백한 오심이 나오면서 우리 대표팀이 조 3위가 됐다. 이런 억울한 상황이 발생하니 조금은 관심이 돌아오기 시작했다. 우리 대표팀은 패했지만, 다행히 아쉬움을 달랠 표적이 중계진에서 심판으로 돌아갔다.

그리고 나는 도쿄에서 이승엽, 안경현 위원을 다시 만났다.

8강 쿠바전은 수월하게 승리했다. 사실 이 대회를 앞두고 고척돔 개장 경기를 쿠바와의 2연전으로 '고척 슈퍼시리즈'라는 이름으로 치렀는데, 그때 쿠바를 보고 상당히 놀란 한편 슬프기도 했다. 아마추어 최강팀의 이미지는 온데간데없고 모든 투수가 시속 130km대의 속구를 구사하고 있었기 때문이다. 그때부터 쿠바는 다시 만나면 이길 수 있다는 확신이 있었고 그 확신대로 우리는 승리를 거뒀다.

문제는 그다음이었다.

우리는 준결승에서 일본을 다시 만나게 됐다. 그리고 그 오타니 쇼헤이를 또 만나게 됐다. 다시 만나보니 예선 첫 경기의 오타니는 개막전이라 긴장한 오타니였다. 몸 풀린 오타니 쇼헤이는 더 위력적이었다.

이승엽 위원과 안경현 위원은 경기 중반부터 같은 말을 했다.

"오타니를 빨리 내리는 것이 중요하다. 내리면 다음 투수 공은 오타니보다 느릴 것이기 때문에 공략할 수 있다."

우리 대표팀도 그걸 알고 있는 듯 했지만 의식하면 할수록 오히려 상황은 더 안 좋게 꼬였다. 개막전에서 6이닝을 소화했던 오타니는 준결승에서는 7이닝을 던졌다. 투구 수는 더 적었다. 단 85구로 7이닝을 던졌다. 이제 아웃카운트 6개면 우리 패배였다. 그리고 상황이 크게 달라질 것 같지도 같았다.

8회. 일본의 투수가 바뀌었다. 오타니의 공 개수에는 여유가 있었지만, 이미 이긴 경기라고 판단을 했는지 일본의 고쿠보 감독은 일본 내에서 2015 시즌, 투수로 오타니 못지않은 성적을 올린 노리모토를 두 번째 투수로 마운드에 올렸다.

중계진은 쾌재를 불렀다.

'드디어 다음 투수다!'

하지만 그 두 번째 투수 노리모토를 상대로도 우리가 원하는 일은 벌어지지 않았다. 노리모토는 시속 160km를 던지지 못해서 그렇지, 시속 155km를 넘나드는 강속구를 던지는 선발투수였다. 그의 시속 155km 강속구가 8회 우리 공격진을 압도했다.

희망이 점점 사라지고 있을 즈음 기적이 찾아왔다.

우리의 마지막 공격 이닝이었던 9회초, 노리모토가 갑자기 변화구를 구사했다. 우리 타자들은 그걸 놓치지 않았다. 무사 만루의 기회에서 우리는 4점을 득점했고 역전에 성공했다.

"이 결과가 믿어지십니까! 9회초에! 대한민국이 일본을 무너뜨립니다!"

나는 9회초 이대호 선수가 일본에 역전타를 날렸을 때 이렇게 외쳤다. 그리고 마지막 이닝, 일본의 공격을 막아내면서 4:3, 한 점 차 승리.

대회 기간 내내 중계진을 향해 쏟아지던 비난은 순식간에 찬사로 바뀌었다. 특히 안경현 해설위원의 '투수가 바뀌면 우리가 공략할 수 있다'는 말은 미래를 내다본 해설이 됐고, 우리가 극적인 승리를 거둔 이후 마무리 멘트였던

"야구, 오래 이길 필요 없어요. 마지막에 이기면 돼요."

는 '야오이마이'로 축약돼서 그대로 안경현 해설위원의 별명이 됐다.

안 위원과 나는 그날 모든 일정이 끝난 후 헤어지기 전, 울면서 포옹을 했다.

"다행이에요! 안 위원님!"

"어흑어흑! 그러니까! 오타니 아니면 우리가 이긴다니까요! 어흑어흑!"

이 모든 순간이 아직도 눈앞에 펼쳐져 있는 듯 생생한데, 이미 10년이 넘은 일이다. 이때 역전 결승타를 때려냈던 이대호 선수는 은퇴 후, 다양한 개인 활동과 더불어 국가대표팀 경기에서는 내 곁에서 해설을 하고 있다.

슬픈 사실은 이 경기가 프로팀으로 구성된 대표팀 간의 한일전 맞대결에서의 마지막 승리였다는 점이다. 그래서 더 아쉽다. 이후에 이렇게 이기지 못할 걸 알았으면 그때 더 미칠 걸. 체면 같은 거 차리지 말고 완전히 돌아버릴 걸.

이후 프리미어 12에서, 올림픽에서, WBC에서 우리는 모두 졌다.

그렇다고 격차가 큰 것은 아니었다. 경기 중반까지는 대등한 경기를 이어가다가 딱 한 번 아쉬운 순간이 나오면 그 순간을 일본은 기회로 만들어 역전했고, 우리는 일본의 철벽 불펜을 공략하지 못했다. 지금은 세계 최고의 투수로 발돋움한 야마모토 요시노부는 WBC 2회 대회에서 일본의 철벽 불펜의 일원이었고, 올림픽에서는 선발로 우리와 만났다. 우리는 불펜일 때는 공략하지 못했고, 선발일 때는 공략에 성공했던 바가 있다.

WBC에서의 한 경기 정도를 제외하고는 모두 아슬아슬한 승부였다. 문제는 그렇게 아슬아슬하다가 죄다 우리가 졌다는 점이다.

그래도 2025년 겨울의 초입, 도쿄에서 열렸던 'K 베이스볼 시리즈, 한일전'에서 희망을 보았다. 젊은 우리 선수들이 끝까지 물러서지 않았고, 마지막까지 몰린 순간 김주원의 동점 홈런으로 7:7, 극적인 동점으로 승부를 마무리했다. 무승부는 이전의 연속 기록에 영향을 주지 않기 때문에 우리가 연패를 끊은 것이 아니다. 우리의 일본 상대 연패 기록은 현재 지난 10년 동안 10번이다.

선수들도 그렇겠지만 국가대표팀 경기의 중계진도 이기고 싶다. 미치도록.

그것도 저렇게 극적으로 이겨본 기억이 있는 나 같은 사람은 더더욱 그럴 것이다.

'분명히 이겨봤는데.'

'차이가 크지 않은데.'

'이길 수 있는데.'

이런 아쉬움만으로 지난 10년이 훌쩍 지났다.

언젠가 짜릿한 승리를 이뤄 지난 10년 동안의 아쉬움을 한 번에 떨쳐버렸으면 한다.

미치도록.

징크스의 미학 | 승리를 위해서 어디까지 해봤니?

사실 나는 특정 팀의 팬이 아니다. 어린 시절, 팬이었던 적이 있음을 부정하지는 않는다. 1975년 에는 극소수를 제외하면 모두가 그랬을 테니까. 야구를 제외 하고 다른 종목은 어린 시절 응원했던 팀을 얼마든지 공개할 수 있다.

축구는 대우 로얄즈의 팬이었다. 원년에는 이름이 멋있어 서 포항제철을 응원하다가 김주성 선수가 대우에 입단한 이 후 대우 로얄즈를 응원하게 됐다. 그 즈음에 아버지가 대우자 동차의 로얄 시리즈 차를 구입하셨기 때문에 대우 로얄즈를 응원한다는 것이 매우 자랑스러웠다. 내 로얄즈에 대한 사랑 은 동갑내기 안정환 선수가 대우에 입단해서 활약할 때까지 쭉 이어졌다.

농구는 삼성전자의 팬이었다. '전자슈터' 고 김현준 코치가 좋았고, 그래서 나도 어린 시절 백보드를 이용해서 자유투를 던졌다. 이충희, 박수교의 현대를 만나면 이길 때보다 질 때가 더 많기는 했지만 그런 가운데서도 언제나 고군분투하는 김현준의 모습에 감동을 느꼈다.

의외일 수 있지만 내가 어린 시절 가장 좋아했던 스포츠는 복싱과 배구였는데, 복싱은 IBF 챔피언 전주도 선수를 좋아했고, 배구는 금성사의 찐 팬이었다. 이 둘은 어린 내가 느끼기에도 당시 비주류의 아이콘 같았다.

그 시절 우리 복싱 경량급은 MBC는 유명우, KBS는 장정구로 나누어져 있었다. 물론 IBF도 KBS에서 중계방송을 하기는 했지만, 당시 신생 단체였던 IBF는 WBC, WBF 같은 양대 복싱 기구에 가려서 주목받지 못하는 느낌이 있었다. 그럼에도 나는 원정에서 챔피언 벨트를 따낸 전주도 선수가 좋았다. 유명우, 장정구 못지않게 강인한 인상이었다.

배구도 그랬다. 모두가 현대차와 고려증권을 응원할 때, 나는 금성사가 좋았다. 금성사의 레프트 고 강두태 선수의 스파이크는 송곳 그 자체였다. 농구에서 고 김현준의 삼성전자를 좋아했던 이유와 비슷했던 것 같다. 고려증권이나 현대자동차와 맞붙을 때는 진다는 전망이 훨씬 더 큰 금성사였지만, 강두태 선수의 원맨쇼에 가슴이 두근거렸다.

그렇다고 해서 내 팬심이 지금까지 그들에게 이어지는 것은 아니다. 나는 현재 부산 아이파크(전 대우 로얄즈) 축구팀의 팬이 아니고, 농구도 서울 삼성의 팬이 아니다. 물론 배구의 KB손해보험(전 금성사)을 특별히 더 응원하지도 않는다. 1980년대에는 여자 농구와 여자 배구의 인기도 남자팀 못지않았기 때문에 여농, 여배에도 각각 응원하는 팀이 있었지만, 지금까지 그 응원이 이어지고 있지는 않다.

모두 다 아련한 기억 속 '아…… 그래. 내가 예전에 참 좋아했었지.'라는 생각이 전부다.

스포츠 캐스터로서, 일로 스포츠를 접한 지난 20년이 넘는 시간이 특정 팀 팬으로서의 마음을 앗아가 버렸다. 그렇게 팬심을 잊은 지 오래인 내가 여전히 응원하는 마음을 떠올릴 수 있는 것이 바로 국제 대회 중계방송이다.

스포츠 팬들이 선수들의 승리를 위해서 뭐든지 하는 것과 마찬가지로, 나도 승리를 위해서라면 뭐든지 할 준비가 되어 있다. 특히 현재 야구 한일전처럼 일본을 상대로 긴 연패에 빠져있을 때는 더더욱 그렇다.

야구는 징크스의 게임이라는 법칙에 입각해서 모든 걸 다 해보고, 또 모든 걸 다 바꿔본다. 지난 2019년 프리미어 12, 2회 대회는 그 절정이었다.

원우영 해설위원과의 첫 국제 대회 현장 중계방송 이후, 국제 대회 중계를 갈 때마다 운동, 그중에서도 달리기가 내 출장의 일부가 됐다. 그 덕분에 WBSC 프리미어 12, 2회 대회 때는 정말 운동을 한 기억밖에 없다.

첫 경기에서 4.5km를 인터벌로 뛴 날, 우리 대표팀이 이겼다.

1분을 시속 12km로 뛰고, 1분을 시속 4km로 놓고 걷는 것을 반복했고, 35분쯤 되니 4.5km 가 됐던 것 같다. 그때부터 4.5km 인터벌 러닝이 승리 기준 러닝 거리가 됐다.

우리 대표팀이 이기면 전날 뛰었던 거리와 같은 거리를 뛰었고, 패하면 달리는 거리를 1km 늘렸다. 이러다 보니 대회가 끝날 때는 거의 10km 가까이 뛰게 됐다.

캐스터의 이런 절박함에도 불구하고 나의 달리기 루틴은 경기 결과에 전혀 영향을 주지 못했다. 이 대회에서 우리는 일본을 꺾지 못해 준우승을 했고, 나는 10km 가까운 거리를 인터벌로 뛸 수 있는 매우 강한 체력을 가지게 됐다.

2023년에 열린 2022 베이징 동계 올림픽 때도 비슷한 일이 있었다. 당시 내가 담당했던 종목인 여자 스피드 스케이팅과 썰매 전 종목은 예상과 달리 좋은 성적이 나오지 않았다. 이때는 계단 오르기로 운동을 바꿨다. 중계진 숙소였던 호텔은 10층짜리 건물이었는데 나는 지하 2층부터 10층까지 계단을 올라서 엘리베이터를 타고 다시 지하 2층으로 내려가기를 반복했다. 스마트 워치에는 10층까지 올라갈 때마다 11층을 올랐다고 표시됐다. 처음에는 대략 50층 정도로 시작했다. 그러다 우리 선수들의 성적이 안 좋으면 10층을 더했다.

마치 라스 폰 트리에의 《브레이킹 더 웨이브》의 여자 주인공인 베스처럼 그 당시의 나는 나를 혹사하면 우리 팀이 좋은 성적을 낼 수 있다고 믿었나 보다. 하지만 그런 일은 벌어지지 않았고 나의 운동 루틴과 우리 대표팀의 성적은 별개였다.

동계 올림픽이 끝날 즈음, 나는 한 시간 동안 120층을 넘게 올랐고 그 결과 국제 대회를 치르면서 한층 더 건강해졌다.

내 행동이 경기 결과에 아무런 영향을 끼치지 않는다는 사실은 머리로는 뻔히 알고 있으면서도 나는 대체 왜 그렇게 온몸을 써가면서 우리 팀의 승리를 기대한 것일까?

사실 나는 그 이유를 안다.

이기고 싶어서.

미치도록.

베이징 실내 빙상장

말은 말이고,

말은 말이다.

저 두 '말' 중 하나는 길고, 하나는 짧다.

그럼 뭐가 '말:'이고, 뭐가 '말'일까?

우리말 표기법의 장단음은 사라진지 오래고

발음은 표기를 따라가고 있다.

그럼 말과 말은 어떻게 구분하지?

3부

'말의 중요성'

포털사이트 '다음'에 칼럼을 연재하고 있다. 인터뷰 위주의 칼럼을 올리다가 2025년부터는 용어 사용과 관련한 글들을 몇 개 올렸다.

'캐스터라는 직업을 가진 사람들의 용어 사용에 대한 고민을 사람들이 알아줄까?'

처음에는 이런 생각이었는데 몇 차례 관련 고민을 칼럼으로 올려보니 많은 분들께서 진지하게 읽어주셨다.

칼럼 중 지금 읽어도 공감이 갈 만한 용어 사용에 대한 글들을 추려서 다듬었다.

앞서가는 주자와
착한 일을 한 주자의 차이를 아세요?

박찬욱 감독의 2025년 영화 《어쩔수가없다》 개봉 즈음, 배우들이 홍보 차 유튜브 콘텐츠에 출연했다. 주연급 배우들이 박찬욱 감독에 대해 입을 모아서 하는 이야기가 있었는데 바로 "박찬욱 감독은 대사 처리에 있어서 장단음의 구분을 가장 중요시한다."는 것이었다. 최근 들어 방송 전 분야에서 거의 지키지 않는 자고저와 장단음을 구분하는 사람이 아직도 있다는 점이 무척 반가웠다. 나도 점점 그 중요성을 깨달아 가는 과정이라 즐겁게 썼던 글이다.

모두가 알고 있는 최수종이라는 배우가 있다.

그가 2024년 《고려 거란 전쟁》에 강감찬 장군 역을 맡아서 출연했을 때 나는 한 단어에 완전히 매료됐다. 그 단어는 바로 '사신(使臣)'.

최수종 씨는 '사신'에서 '사'자를 완벽한 장음으로 발음했다. 들리는 대로 받아 적으면 이랬다.

"거란에 '사ː아신'을 보내서 그들을 안심시켜야 합니다!"

"전하! '사ː아신'을 보내시옵소서"

'使臣'의 사전적인 의미는 외교적인 목적으로 다른 나라에

파견하는 신하를 뜻한다. 그리고 이 단어에서 '使'는 장음으로 발음해야 맞다.

지난해 《폭군의 셰프》라는 퓨전 사극도 재밌게 봤는데, 이 드라마에서는 어느 연령대의 배우건 간에 '사신'에서 장음을 살리지 않았다. 이건 그들의 잘못이 아니다. 어차피 요리 이름과 조리법에 영어와 프랑스어가 난무하는 조선시대 판타지라 발음이 그렇게 중요한 것도 아니었으니까.

남들이 못한 점을 탓하기보다는 최수종이라는 배우가 왜 '사극의 왕'으로 불리는지를 보여 준 경우로 생각하는 게 좋을 듯하다. 최수종 씨는 예능 프로그램에 출연해서도 드라마를 찍을 때 국어사전을 곁에 두고 대본에서 장단음을 하나하나 체크했다고 밝혔을 정도로 '장단음' 구분에 철저했다고 하니 말이다.

중국어에는 '성조'라는 것이 있다. 같은 음을 놓고 1성부터 4성까지 어떤 억양으로 발음하느냐에 따라서 뜻이 달라진다. 그 중국어가 우리나라로 와서 한자어가 됐는데, 그 성조의 흔적이 '자고저'와 '장단음'으로 남았다. '자고저'는 음의 높낮이를 뜻하고 '장단음'은 음의 길고 짧은 발음을 뜻한다.

지금은 한자가 학교 교육 과정에서 빠지는 추세고, 우리 국어 교육에서도 장단음과 자고저가 거의 사라져 버렸다. 현재 자고저와 장단음은 차차 없어질 것이 확정된, 구세대의 유물 신세가 되었다. 사실 자고저는 내가 의무교육을 받은 1980년 대와 1990년대에도 배우지 못했는데, 이제 장단음도 배우지 않으니 그마저도 사라져 버릴 차례가 됐다.

나는 이 일을 시작했던 2003년부터 '스포츠 캐스터'였고, 방송에서 '아나운서'로는 뉴스 한 번 해본 적 없었다. 대신 인턴 시절 교육 과정에서 뉴스 리딩을 배우기는 했는데, 그때는 장단음과 자고저를 참 많이 공부하고, 또 따졌다.

교육을 받던 시절 스승인 임주완 아나운서에게 배운 내용 중 장단음과 관련해서 지금까지 철저하게 지키는 것이 있다.

"우리는 매번 점수를 말하는 사람들이에요. 그래서 여러분이 방송을 하다가 다른 건 신경을 못 쓰더라도 2, 4, 5의 장음 발음만큼은 꼭 지켜줬으면 좋겠어요."

그는 경기의 가장 기본인 '점수'를 말하는 데 있어서 2, 4, 5의 긴 발음을 강조했다. 난 그 말에 철저하게 공감한다. 스포츠 중계방송의 가장 기본은 팀 이름과 선수 이름, 그리고 점수를 불러주는 것인데, 특히 가장 반복해서 말하는 '점수 부르기'만큼은 정확한 발음으로 지켜주는 것이 중요하다는 것을 말이다.

지금까지 20년 넘게 방송을 하는 동안 난 우리말 지킴이라는 의무감은 가지려 하지 않았다. 왜냐하면 방송을 하면서 모든 장단음과 자고저를 다 지킬 자신이 없었기 때문이다. 또한 중계를 하다보면 영어로 된 용어가 먼저 튀어나올 때도 많으니 우리말 지킴이와는 거리가 멀다고 생각했다.

대신 스승의 가장 기본적인 가르침을 철저하게 지키자는 마음은 그 당시부터 지금까지 계속 가지고 있다. 거기에 더해서 내가 아는 것들은 최대한 올바르게 발음하려고 노력 중이다.

그럼 올바른 발음은 어떻게 알아내느냐? 이것 역시 22년 전 스승의 가르침에서 알 수 있다.

"우리말은 편안한 발성으로 천천히 읽어보면 자연스럽게 자고저 와 장단음을 따라가게 되어 있어요."

그래서 나는 중계 중 플레이 상황을 강하게 콜하지 않을 경우, 최대한 자연스러운 발성으로 편안하게 발음하려고 노력한다. 내가 모든 단어의 자고저와 장단음을 알지는 못하기 때문에 이렇게 해야 그나마 비슷하게 맞지 않을까 하는 생각 때문이다.

대신 점수를 말할 때는 장음인 2, 4, 5를 최수종 씨처럼 '이이', '사아', '오오'로 발음하는 편이다.

같은 발음인데 아예 다른 뜻이 되는 장단음도 알고 있는 것은 틀리지 않으려고 노력한다. 대표적인 경우가 '선행(先行) 주자'다. 앞선 베이스에 나가 있는 주자는 먼저 선(先) 자를 쓰는 선행 주자인데, 여기서 선은 짧게 발음한다. 그런데 많은 방송인이 습관적으로 맨 앞에 오는 한자 단어를 장음으로 발음하려는 경향이 없지 않다. 이건 예민한 귀를 가진 사람이라면 뉴스를 들으면서도 눈치를 챌 수 있는데, 방송인들의 좋지 않은 습관이다. 소위 말하는 방송의 '쪼'다. 야구 중계에서도 '서언행주자', 또는 자고저를 극대화하면서 거의 '스은행주자'에 가깝게 '선' 자를 발음하는 캐스터들이 있다.

이렇게 발음하는 캐스터들이 몰라서 그런다고 생각하지 않는다. 왜냐면 최근 방송 언어에 있어서 기본 값은 장음보다는 단음이기 때문이다. 기본이 짧은 발음인데도 이들이 '선행'을 장음으로 하는 이유는 위에 언급한 것처럼 첫음절에 대한 매우 '아나운서적'인 습관 탓이다. 나 또한 같은 오류를 범해

봤기 때문에 잘 알고 있다. 뻔히 알고 있는데도 나도 '선'자를 습관처럼 길게 뽑아서 발음한 적이 있다.

한자 '선' 중에서는 착할 선(善)이 긴 발음이다. 선행 주자에서 '선' 자를 길게 발음하면 착한 일을 행하는 주자가 된다. 물론 앞에 나가 있는 주자가 득점까지 하면 팀에는 착한 일이기는 하지만 본래 뜻과는 완전히 달라진다.

나를 포함한 많은 방송인이 은연중에 맨 앞 한 글자를 길게 발음하는 버릇이 있다. 그게 자고저와 장단음을 지키는 잘못된 생각이다. 뻔히 알면서도 '선행'이라는 단어를 놓고 실수를 몇 번 해봤기 때문에 이 단어는 '앞선 주자'로 단어를 아예바꿔서 부르고 있다. 실수를 예방하는 차원에서 말이다. 그리고 선행 주자라는 말이 나도 모르게 튀어나올 때는 내가 맞게 발음했나 체크하고, 길었다 싶으면 짧게 한 번 더 발음한다. 내가 알고 있는 단어나 뒤늦게 떠오르는 음절도 마찬가지로 대처하고 있다. 장단음이 아무리 없어지더라도 잘못된 정보는 주면 안 되기 때문이다.

얼마 전 박찬욱 감독이 출연한 유튜브 콘텐츠를 봤다. 함께 작업한 이병헌, 이성민, 손예진, 박희순 등의 배우들이 박찬욱 감독과 함께 작업하는 것에 있어서 가장 어려워했던 점이 '자고저'와 '장단음'에 대한 상세한 디렉션이라고 입을 모았다. 나는 그렇게까지 철저하게 지키지는 못하지만 내가 아는 것만큼은 지켜보려고 노력하고 있고, 앞으로도 그럴 예정이다. 그런다고 내가 서 있는 야구 세상이 크게 바뀌지는 않겠지만, 누군가 조금이라도 이해해 줄 거라는 믿음을 가지고 말이다.

〈2025.9.17.〉

우리나라는 영국에서 비롯한 스포츠와 미국에서 비롯한 스포츠가 각기 공고한 팬층을 이루고 있는 매우 특이한 국가다. 둘 모두 영어를 쓰는 나라인데도 스포츠에서 쓰는 영어가 매우 미묘하게 다르다. 티빙의 '슈퍼매치'와 '더비'라는 표현을 놓고 우리나라에서의 영국식 표현이 어떻게 변화해서 정착되고 있는지를 살펴봤다.

어느 날 한 팬이 질문했다.

"야구에서 라이벌 간의 경기에 영국에서 쓰는 표현인 '더비'를 쓰는 것이 옳다고 보시나요?"

처음에는 이렇게 답했다.

"야구에 슈퍼매치도 쓰는 데 별 문제가 있겠습니까?"

그러고 나서 곰곰이 생각을 해봤다.

'더비를 계속 사용하는 것이 과연 맞는 건가?'

좀 더 풀어서 이야기를 해보자면 '영국식 스포츠 영어 표현을 미국 스포츠인 야구에 '공식적'으로 쓰는 것이 맞는 건가?'

에 대한 이야기다.

먼저 고백하자면 나는 사실 영어에 그렇게 능통하지 않다. 대한민국에서 미국식 영어 위주의 교육을 받았고 토익, 토플 등 점수 만들기용 영어가 내 영어 공부의 전부였다.

그러다가 캐스터 일을 시작한 뒤 순수하게 내가 읽고 싶은 마음과 좋은 내용을 야구 팬들에게 소개하고 싶은 마음에 영어로 된 야구 서적 두 권을 번역했다(『괴짜야구경제학』, 2011, 『볼 포』, 2017, 두 책 모두 한스미디어.) 사실 이 번역도 공부의 과정이었다.

그래서 지금부터의 이야기를 잘난 척으로 받아들이지는 않았으면 한다. 질문을 받은 김에 나도 공부 할 겸, 또 여러분의 생각은 어떤지 궁금하기 때문에 쓰는 글이다.

시청자 분이 질문한 더비(Derby, 더 정확히는, Derby match의 준말)는 영국식 영어로 라이벌 간의 대결을 말한다. 원래는 같은 지역 라이벌 간의 대결을 뜻한다. 대표적인 예가 EPL의 아스널과 토트넘의 북런던 더비, 에버튼과 리버풀의 머지사이드 더비, 맨유와 리버풀의 노스-웨스트 더비, 런던 축구팀들 간 런던 더비 등이다. 즉, 영국식 영어에서 더비는 지역과 매우 강력한 연관이 있는 말이다.

　미국에서도 더비를 사용한다. 야구에서도 마찬가지다. 딱 떠오르는 야구의 '더비'는 '홈런 더비(Home run Derby)'다. 하지만 미국에서 대표적으로 더비라는 단어를 쓰는 분야는 야구보다는 경마다. 미국 최고의 더비는 최대 규모의 상금이 걸려 있는 경마 대회, '켄터키 더비'다.

　그럼 미국은 라이벌 간의 경기를 어떻게 표현할까? 그냥 단순하게 라이벌리(Rivalry)라고 쓴다. 관계 자체를 의미하기도 하고 경기를 말하기도 한다. 종목을 통틀어서 대학 스포츠 최대 라이벌인 듀크와 노스 캐롤라이나의 대결은 'Carolina–Duke rivalry'로 표현하고, 대학 미식축구 최대 라이벌인 오하이오 주립대와 미시간의 대결도 'Michigan–Ohio State football rivalry'로 쓴다.

　그럼 야구에서는? 라이벌리 뒤에 '시리즈'를 붙이는 것이 일반적이다. 아니면 그냥 라이벌리를 빼고 시리즈만 쓰기도 한다. 대표적인 시리즈는 뉴욕 팀들인 메츠와 양키즈의 '지하철 시리즈(Subway series)'가 있다. 뉴욕과 필라델피아를 연결하는 기차 노선 이름에 빗댄 양키즈와 필리스의 '암트랙 시리즈(Amtrack series)', 탬파와 마이애미의 '시트러스 시리즈(Citrus series)' 등도 있다.

전투를 뜻하는 '배틀(Battle)'도 쓴다. 볼티모어와 워싱턴의 '벨트 웨이 배틀', 신시내티와 클리블랜드의 '배틀 오브 오하이오' 등이 있다.

그럼 우리나라에서는 왜 더비를 야구에 쓰기 시작했을까? 답은 간단하다. 우리나라 스포츠 팬들 중 인터넷을 주로 사용하는 연령대는 프로야구와 EPL(등의 해외 축구)을 모두 좋아하기 때문이다.

인터넷 사용층의 광장이자 놀이동산인 커뮤니티에서 야구와 축구 용어를 재미로 섞어 사용했다. 그중 대표적인 단어가 바로 지역 라이벌을 더비로 표현한 LG와 두산의 '잠실 더비', 롯데와 NC의 '낙동강 더비'였다. 이런 혼용은 EPL의 영어 표현에서 그치지 않았다. '라 리가'의 대표적인 라이벌, 레알 마드리드와 바르셀로나의 '엘 클라시코(El Clásico)'가 엘지와 넥센의 엘넥라시코, 엘지와 롯데의 엘롯라시코 등으로 변주되기도 했다.

이런 '더비'나 '엘O라시코'라는 표현은 이후 기사 헤드라인을 점령하고 또 방송에까지 쓰이게 됐다. 팬들의 커뮤니티 놀이문화가 주류 언론까지 스며든 것이다. 나도 방송을 하면서 가급적 쓰지 않으려고는 하지만, 다들 쓰니까 몇 번은 썼던 걸로 기억한다.

최근 야구에서 '더비'를 본격 활용하는 데에는 유튜브 콘텐츠들도 한몫했다. 각 구단의 유튜브와 야구 유튜버들도 '더비'를 별 저항감 없이 쓰고 있다. 게다가 이제는 그 의미가 확장됐다.

트레이드가 발생하면 트래이드 거래 팀들 간의 대결에도 '더비'를 붙인다. 2025년 프로야구 스프링캠프지였던 미야자키의 구춘 대회(미야자키에서 훈련을 하는 한일 프로야구 팀들 간의 대결)에서 벌어진 두산과 롯데의 대결은 스토브리그에서 있었던 정철원과 김민석 선수의 트레이드로 인해 '트레이드 더비'로 불렸고, 이 경기에서 두산 김민석 선수의 활약이 도드라지면서 베어스 티비는 이 경기를 '김민석 더비'로 칭했다.

이게 옳은지 그른지에 대한 가치판단을 하고 싶지는 않다. 다만, '잘못 쓸 때 잘못 쓰더라도 이 정도는 알고는 있자'라는 게 내 생각이다. 왜냐면 위에서 말한 것처럼 나도 계속 공부를 하는 중이고, 알고도 잘못 쓰고, 모르고도 잘못 쓰는 판에 남들에게 이래라저래라할 처지는 아니기 때문이다. 그래서 나는 티빙의 자체 제작 중계방송인 《티빙 슈퍼매치》에도 관

대한 편이다.

한 동료는 이렇게 이야기했다.

"축구에서 쓰는 단어인 'Match'를 야구에서 쓰는 게 너무 아쉽습니다."

이 생각도 물론 존중한다. 축구, 럭비, 크리켓 등의 경기를 영국에서는 '매치(Match)'로 표기한다. 영국의 공영방송사인 BBC에서 제작하는 세계에서 가장 유명한 축구 하이라이트 프로그램의 명칭이 《Match of the day》인 이유다.

반면에 미국에서는 경기에 '게임(Game)'을 주로 쓴다. 그래서 야구 경기나 농구 경기는 게임이 더 어울리는 표현이 된다. 큰 경기에 강한 투수를 부를 때 '빅 매치 피처'보다 '빅 게임 피처'가 자연스럽다. MLB.com의 실시간 문자 중계가 'Match day'가 아닌 'Game day'인 이유도 여기에 있다.

우리나라에서 쓰는 '슈퍼 매치'라는 단어는 왜 익숙해졌을까?

국내에서 슈퍼 매치의 시작은 현대카드의 홍보 이벤트 경기였다. 프리미엄 카드 홍보의 일환으로 시작한 '슈퍼 콘서트'가 스포츠 쪽으로 영역을 넓히면서 '슈퍼 매치'가 됐고, 페더러와 나달, 조코비치와 로딕 등의 테니스 위주의 초청 경

기와 코로나 시대에 엄청난 관심과 함께 열렸던 당시 LPGA
전, 현 세계 랭킹 1위 박성현 대 고진영의 맞대결을 '현대카
드 슈퍼 매치'라는 이름으로 성사시켰다. 이 덕에 '슈퍼 매치'
는 국내 스포츠 팬들에게 마치 '이벤트 경기의 대명사'처럼
각인됐다.

성공의 케이스를 따라가는 것은 홍보나 마케팅의 기본이
다. 게다가 원조였던 현대카드는 티빙이 프로야구계로 진입
하던 당시만 하더라도 꽤 오랫동안 슈퍼 매치를 개최하지 않
고 있었다. 다른 회사의 사정을 정확히 알 수는 없지만, 아마
이 부분이 티빙이 자체 제작 경기에 '슈퍼매치'라는 이름을
붙이는 데에 가장 결정적인 계기가 되지 않았을까 짐작한다.

이 글을 쓰기 전 티빙 관계자에게 2025년 시즌 시작 전, 자체
제작 중계방송의 명칭 사용 계획을 물었다. 대답은 이랬다.

"'매치'가 야구 용어가 아니라서 '게임'으로 바꿔보려 했으
나, 이미 한 시즌 써서 굳어져 버린 관계로 올해도 동일한 네
이밍으로 진행될 예정."

어디까지나 개인적인 의견이지만 '슈퍼 게임' 하면 나는 90년
대에 진행됐던 KBO와 NPB의 최초의 교류전 '한일 슈퍼 게
임'이 생각난다. 그래서 티빙은 쓰던 대로 슈퍼매치를 썼으면

좋겠고, '슈퍼 게임'만큼은 뭔가 더 거대한 이벤트 경기를 위해서 남겨 놨으면 좋겠다. 다만 내 동료처럼 엄격한 야구 원칙주의자들에게는 이런 단어 선택 하나도 불만스러울 수 있다는 것만큼은 꼭 알아줬으면 좋겠다.

영국식 용어인 더비나 매치가 주류에서 쓰이게 된 과정을 분석하고 또 나름의 생각도 덧붙여봤다. 우리나라의 경우 스포츠 팬들이 다양한 종목을 함께 즐기다 보니 야구 팬이 EPL 팬이기도 하고 EPL 팬이 야구 팬이기도 하다. 그러면서 서로 융합되는 케이스가 생기는데 더비나 매치도 그 사례에 해당하는 경우다.

주류 언론에까지 등장하지 않았다면 더 좋았겠지만, 그래도 네티즌들의 놀이 문화에 주류 언론이 반응하고 큰 거부감 없이 많은 사람들이 사용한다는 것은 그만큼 용어 자체에 힘이 있다는 뜻 아닐까?

"언어는 살아있다. 우리는 그 변화를 느낄 수 있다(Language is a living thing. We can feel it changing)."

고전주의자 길버트 하이트의 통찰은 대단하다. 그는 마치 지금의 이 상황을 예측한 것 같다. 지금 내가 장황하게 했던 이야기를 단 두 문장으로 요약했으니까.

언어는 그 자리에 머물러 있지 않고 끊임없이 움직인다. 변화하고, 만들어지고 심지어 사라진다. 국내에 들어온 해외의 스포츠 용어들 역시 마찬가지다.

〈2025.3.12.〉

'피칭 디자인(Pitching Design)' 우리는 중계방송에서 올바르게 쓰고 있나요?

좁은 뜻과 넓은 뜻 중 유독 좁은 뜻으로만 쓰이는 '피칭 디자인(Pitching Design)'의 포괄적인 의미를 밝히는 글이다.

A라는 선발투수가 있다고 가정해보자.

우투수인 그는 직구(포심), 투심, 커터, 슬라이더, 체인지업, 커브를 던질 줄 안다.

A는 지난 등판에서 우타자가 많은 '右'라는 팀을 상대했다. 100개의 공을 던지면서 직구 25개, 투심 20개, 슬라이더 34개, 체인지업 15개, 커브 6개를 던졌고 결과는 6이닝 4실점을 기록했다.

5일 동안의 휴식이 있었고 다음 만나는 팀은 좌타자가 일곱 명이나 라인업을 차지하고 있는 '左'였다. 그는 짝을 이루는 주전 포수 B와 함께 '左' 팀의 공략 방법을 연구했다.

전력 분석을 하면서 A가 먼저 B에게 제안했다.

"좌타자 상대로는 커터를 몸쪽으로 주로 구사할게요. 그리고 아무래도 슬라이더보다는 체인지업의 비중을 늘려야 할 것 같아요."

고개를 끄덕인 B도 한 가지를 말했다.

"지난 경기에서는 커브의 비중이 너무 적었어. 3회부터 하위 타순을 상대로는 2스트라이크 이전에 커브 구사 비율을 좀 늘려도 되지 않을까?"

A는 B의 이야기도 충분히 설득력이 있겠다고 생각했고, 이어지는 '左'팀과의 경기 선발등판에서 이를 그대로 실행했다.

그는 100개의 공을 던졌는데 빠른 공 계열로는 직구 20개, 커터 25개, 투심 5개를 던졌고, 슬라이더 10개, 커브 15개에 체인지업 25개를 구사하면서 6이닝을 1실점으로 버텼다.

이 경기를 중계했던 C 해설위원은 그의 좋은 투구를 이렇게 평가했다.

"지난 등판의 '피칭 디자인'에 변화를 주고 나왔습니다. 오늘 새로 들고 나온 '피칭 디자인'으로 '左' 팀을 상대하면서 좋은 결과를 거둘 수 있었습니다."

캐스터 D도 거들었다.

"역시 투수의 '피칭 디자인'의 변화는 매우 중요하네요."

여기서 중계진이 사용한 '피칭 디자인'이라는 말은 과연 맞는 말일까?

답은 맞으면서도 틀리다.

'피칭 디자인'은 단순하게 '구종의 구사 비율'을 뜻하는 것이 아니기 때문이다.

누차 이야기하지만 나는 시청자들을 가르치고 싶은 생각이 없고 그럴 자격도 없다.

그래도 내 본업인 중계방송에 있어서 용어만큼은 제대로 전달했으면 좋겠다는 생각만큼은 분명하다.

'피칭 디자인'을 정의하면 다음과 같다.

투수가 던지는 공의 회전수, 각도, 구속, 수직 · 수평 움직임을 종합 측정해 투구 전략을 수립하는 과정.

이는 단순히 새로운 구종을 개발하는 것을 넘어, 기존 구종의 질을 높이고 타자가 구종을 쉽게 파악하지 못하도록 전략적 투구를 하는 것을 의미함.

즉, '피칭 디자인'은 반드시 '측정'을 포함해야 한다. 여기서 최근 야구를 포함한 모든 스포츠 분야에서 중요하게 등장하는 '바이오 메카닉'의 개념이 나온다.

'피칭 디자인'의 과정을 살펴보면 다음과 같다.

- PTS, 트랙맨, 호크아이, 랩소도 등 각종 측정 기기를 통해 투수가 던진 공의 구속, 움직임, 회전수, 회전축 등을 파악.
- 초고속 카메라를 포함한 다양한 영상 기기를 사용해서 투구 동작을 촬영한 후 동작을 분석. (이 기기 중 가장 널리 알려지고 2020년대 초반 국내에도 많은 구단이 도입한 상표가 바로 '저스틴 벌랜더를 살린 초고속 카메라'라는 별명이 붙은 에저트로닉(Edgertronic)이다.)
- 초고속 카메라로 투구의 느린 동작을 분석한 뒤 타자에게 더 위력적인 공을 던지기 위한 동작의 변화, 위력을 더하기 위한 구종의 조합 등을 제안.
- 투수는 그에 따른 변화 이후 다시 투구를 하고 다시 측정.

투구 후 측정, 동작 분석, 변화 제안, 변화 후 투구.

이 과정을 거치고 반복하면서 한 투수가 최적의 투구를 할 수 있도록 하는 모든 과정을 '피칭 디자인' 혹은 '피치 디자인'이라고 한다.

즉, '피칭 디자인'은 매우 광범위한 개념이며, 투수의 모든 훈련과 변화 과정이 피칭 디자인일 수 있다. 심지어 '일기 쓰기'도 아주 중요한 피칭 디자인이다. 농담이 아니다.

대구MBC에서 라디오 해설을 하는 송민구 해설위원은 이렇게 말했다.

"피칭 디자인의 가장 기본은 투구 일지를 작성하는 것."

첨단 기기의 도움을 받아 코칭 그룹과 의사소통을 거쳐 훈련을 하고, 변화를 주고, 그런 훈련의 과정을 기록하는 것 등, 투수가 투구를 준비하는 모든 과정이 바로 피칭 디자인이다.

볼 배합에 변화를 주는 것도 넓은 의미로 봤을 때는 피칭 디자인의 범주에 들어갈 수 있지만, 냉정하게 말하면 '측정'과 '관찰'이 통째로 생략되었으니 피칭 디자인이 아니다. 앞서 예를 든 캐스터 D와 해설위원 C가 사용한 '피칭 디자인'이 풍기는 단어의 뉘앙스가 '구종의 구사 비율'일 것 같아서 하는 말이다.

'볼 배합'이나 '구종 구사 비율'보다 '피칭 디자인'이 뭔가 더 전문가처럼 들릴 수 있다. 그래서 엉뚱한 데에 저 단어를 쓰는 경우가 있다.

그럼 한 투수의 '구종 구사 비율'은 어떤 단어를 쓸까? 무기

혹은 무기고를 뜻하는 '아스널(Arsenal)'을 쓴다. 북런던의 축구팀, 손흥민 선수의 전 소속팀 토트넘의 북런던 더비 라이벌 팀인 '아스널'과 철자가 같다.

한 투수가 가진 구종과 구사 비율, 각 구종의 속도를 모두 포함해서 '피치 아스널'로 표기하는 것이 일반적이다. 그런데 피치 아스널이라는 용어가 맞는 말이라고 해서 이런 멘트를 했다고 생각해 보자.

"A 투수는 오늘 지난 경기와는 다른 피치 아스널을 들고 나왔네요."

이건 자막이 받쳐주지 않는 한 우리 중계 언어에는 어울리지 않을 것 같다. 물론 계속 들으면 익숙해져서 달라질 수도 있겠지만.

"체인지업 비중을 늘렸네요. 투포수가 지난 경기와는 다른 볼 배합을 하고 있어요."

"커브를 많이 쓰네요. A투수가 지난 등판과 비교해서 구종의 구사 비율을 바꿨군요."

뜻을 잘못 사용하기보다는 예전부터 하던 대로 하는 게 가장 간단한 정답이다.

〈2025.6.25.〉

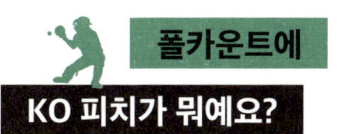

폴카운트에

KO 피치가 뭐예요?

새로운 용어를 도입하는 데 있어서 중요한 점과 내가 고려할 점은 무엇인지 생각하며 쓴 글이다. 흔히 '정우영 캐스터의 표현'이라고 알려져있는 '담장 밖에서 뵙겠습니다'와 '투투피치'의 탄생 배경도 밝혔다.

2025 KBO 포스트시즌 중계방송을 하면서 이 질문을 많이 받았다.

"대체 풀카운트에서 뭐라고 하는 건가요?"

답부터 말하자면 'Payoff Pitch'다.

SBS 스포츠에서 정규시즌 중계방송을 하면서 몇 년 전부터 가끔 썼던 표현이다. 해설위원과 함께 이 단어가 어떤 의미인지 말씀드렸던 바가 있지만, 매 경기마다 설명을 드릴 수 없다 보니 대중의 영역에서 방송되는 지상파 중계방송에서는 아무래도 이 용어가 낯선 부분이 있었던 것 같다.

또 'KO 피치'라고 들은 분도 많았다. 충분히 그럴만하다. 나도 처음에 그렇게 들었으니까.

나의 첫 야구 중계방송은 2004년 MLB였다.

해외 중계방송의 경우, 현지 중계진의 중계방송 멘트가 있다면 내가 전혀 모르는 언어라고 해도 오디오 감독에게 현지 중계방송을 인이어로 넣어달라고 한다. 그러면 뜻은 모르더라도 분위기는 대략 파악할 수 있게 된다.

한국시리즈 기간 동안 나는 2026년 1월에 방영된 여자 야구 다큐멘터리《미쳤대도 여자야구》를 위해 '2025 항저우 여자야구 아시안 컵'도 중계했는데, 그때도 중국어 중계진의 방송을 들으면서 중계방송했다. 아는 중국어 단어는 '니하오'와 '셰셰' 정도밖에 없었는데도 말이다. 그래도 중계진의 톤 변화에 따라 대략 현장의 분위기를 눈치챌 수 있었다.

영어 중계도 그냥 들으면서 열심히 공부하고 있다. 중계방송 커리어의 초창기에는 미국 캐스터들의 스타일도 많이 따라 해보려 노력했다. 그렇게 따라 했던 것들이 마치 내 시그니처 멘트처럼 인식된 것들도 있는데, 그 대표적인 멘트가 예전 홈런콜로 몇 차례 사용한 적 있는 '담장 밖에서 뵙겠습니다' 그리고 '투투피치'다.

'담장 밖에서 뵙겠습니다'는 뉴욕 양키즈의 팀 캐스터 마이클 케이의 'See ya'에서 응용한 멘트다. 'See ya'는 다음에 보자는 작별 인사다. 마이클 케이는 주 시청자 층이 뉴욕 팬들이고 양키 쪽으로 기울어진 중계를 해도 문제가 없는 사람이니 양키즈 선수의 홈런 타구가 나왔을 때 '담에 봐요!'라고 해도 큰 문제가 없다. 하지만 내 경우는 한 팀만 방송하는 사람이 아닌 관계로 이걸 그대로 쓰면 홈런을 허용한 팀에서 조롱처럼 느낄 여지가 다분하다고 생각했다. 이걸 어떻게 바꿔서 응용을 해볼까 고민하던 중, 시카고 화이트삭스의 중계방송을 듣다가 스티브 스톤(당시 해설과 캐스터를 번갈아 했던 방송인)의 홈런 멘트를 듣게 됐다. 2층까지 올라간 대형 홈런 타구였는데 이렇게 단어 단어를 끊어서 길게 내뽑았다.

"SEE! YOU! UP-STAIRS!"

'오! 이거 괜찮은데? 여기에 넘어가는 대상을 정해주면 되겠어.'

그래서 공이 넘어가는 대상으로 '담장 밖'을 콜에 넣기로 했고, 그래서 탄생한 홈런콜이 '담장 밖에서 뵙겠습니다'이다.

'투투피치'는 말 그대로 볼카운트 투투에서 던지는 공이다. 나는 어린 시절부터 MBC 양진수 캐스터의 야구 중계방송을 참 좋아했다. 그는 단어 하나로 좌중을 집중하게 만드는 힘이 있었는데 그 절정이 '투투'였다. 중계방송을 켜놓고 딴 짓을 하다가도 그가 낮은 목소리로 '투투'를 외치면 자연스레 화면에 집중했다. 그럴 때마다 '투투'라는 볼카운트가 투수에게 정말 중요한 카운트라는 것을 느꼈다.

2-2는 투수가 반드시 결정구를 던져야 하는 볼카운트고, 타자는 어떻게든 그 공을 때리거나 골라내야 하는 카운트다.

볼카운트별 출루율을 확인해 보면 이 카운트가 얼마나 중요한지 알 수 있다.

볼카운트 (B-S)	타율	출루율	OPS
0-0	0.346	0.379	0.908
0-1	0.330	0.341	0.804
0-2	0.160	0.1666	0.375
1-0	0.346	0.357	0.911
1-1	0.340	0.346	0.863
1-2	0.181	0.188	0.433
2-0	0.368	0.391	1.001
2-1	0.357	0.362	0.942
2-2	0.202	0.210	0.503
3-0	0.383	0.972	1.866
3-1	0.337	0.737	1.292
3-2	0.217	0.476	0.794

2025 KBO 리그 볼카운트별 타율 / 출루율 / OPS
(출처: KBO 공식 기록 업체 스포츠투아이)

앞의 표는 2025 KBO 정규시즌 볼카운트별 타격 성적이다. 사실 이 표만 놓고도 야구 이야기를 하면 한도 끝도 없이 나눌 수 있겠지만 일단 지금은 하던 이야기를 이어가 보자.

12개의 볼카운트 중에 평행 카운트는 세 번이다. 0-0, 1-1, 2-2. 이 세 경우에서 볼이 하나 늘어나면서 타자가 유리해지는 카운트는 1-0, 2-1, 3-2이다. 그중 2-2에서 3-2만큼 큰 폭의 변화를 보이는 카운트는 없다. 그래서 2-2 카운트가 중요한 것이다.

풀카운트가 되면 타자의 출루율이 25% 포인트 이상 극적으로 상승하기 때문에 타자는 3-2로 끌고 가야 하고, 투수는 2-2 카운트에서 승부를 끝내야 한다.

위와 같은 통계 정보 없이도 양진수 아나운서는 80, 90년대에 이미 볼카운트 2-2의 중요성을 강조하는 방송을 본능적으로 하고 있던 것이다.

이 일을 시작한 뒤 나도 2-2 카운트를 강조하고 싶었지만 내 목소리는 양진수 아나운서만큼 굵지 않았다. 그래서 조금 편법을 쓰기로 했다. 메이저리그 중계에서 쓰는 용어를 그대로 가져오기로 한 것이다.

'투투'에 두 글자를 덧붙인 '투투피치'가 내가 찾은 해답이었다. 메이저리그 중계 캐스터들은 매 2-2 카운트마다 '투투피치'를 외치고 있었다.

내가 처음 KBO 리그를 중계방송했던 2006년만 하더라도 볼카운트를 스트라이크부터 부를 때였다. 스트라이크와 볼을 부르던 순서가 우리와 달랐기 때문에 그때 내 투투피치가 '투 스트라이크 투 볼'이었다면 메이저리그의 캐스터들의 콜은 지금의 우리처럼 '투 볼, 투 스트라이크'였다. 나름 이것을 편법이라고 생각했다.

순서는 달라도 투투피치는 공통의 용어가 될 수 있었고, 지금은 마치 나의 고유 멘트처럼 굳어졌다. 2012년부터는 KBO의 볼카운트 표기도 볼 먼저, 스트라이크 나중이 됐지만 투투피치는 변함없이 쓸 수 있었다.

문제는 그다음인데, 바로 3-2 풀카운트에서 메이저리그 캐스터들이 주로 하는 콜, '페이오프 피치(Payoff pitch)'다.

Pay off라는 단어는 '(그간의 고생을)보상 받다'로 가장 많이 쓰인다. 야구에서는 pay와 off를 붙여서 형용사 혹은 명사로 쓴다. '결과를 내는' 또는 '결과를 만드는 공'이라는 뜻이다. 영어 사전에 'Payoff pitch'를 '결정구'라고 소개한 곳도 있는데 그건 '승부구(Stuff)'로서의 결정구가 아니라 결과를 정한다는 의미의 '결정구'로 봐야 한다.

사실 중계방송 공부를 하느라 많은 메이저리그 중계방송을 들었지만 현지 캐스터들이 3-2 카운트에서 '풀카운트 피치'라는 말을 쓰는 것은 과장 조금 보태서 한 번도 듣지 못했다. 차라리 볼카운트를 그대로 부르는 '3-2 pitch'를 사용한다. 그리고 Payoff pitch를 여러 표현으로 다양하게 섞어 쓴다.

'Payoff pitch'

'Ready for the payoff'

'The Payoff'

이런 식이다.

이걸 언제 어떻게 써볼까 오래 고민했다. 사전에 소개하는 '결정구'는 투수의 승부구인 'Stuff'(혹은 일본식 표현인 'Winning shot')의 결정구와 혼동을 줄 여지가 있어서 쓰지 않는 것이 낫겠다고 생각했다. 최근 2~3년 전부터는 'Payoff pitch'를 그대로 썼다.

그때부터 정규시즌 중계를 하면서 한 달에 한두 번 정도로 시작해서 2주에 한두 차례, 그리고 올해 와서는 3연전 중계에 한두 차례 이 용어를 써봤다.

2025년 포스트시즌에 와일드카드 결정전과 준플레이오프 중계를 하면서 한 경기에 한 번 정도 썼는데, 귀에 익지 않은 용어여서 그런지 튕겨내는 분들도 있었다. 그래서 플레이오프와 한국시리즈 중계방송에서는 이 단어를 쓰지 않았다.

'아직 시간이 좀 필요하겠구나.'

생각하면서 말이다.

물론 그 시간은 오지 않을 수도 있다. 시청자에게 중계방송을 서비스하는 내 입장에서 '이건 맞는 표현입니다!'라고 강요할 수도 없는 노릇이다. 심지어 이번 포스트시즌 중계를 하면서도 틀린 표현을 사용해 방송인으로서 매우 부끄러운 순간들도 있었다.

언제나 완벽한 중계를 꿈꾸지만 사실 마음대로 잘 되지 않는다. 야구 중계방송에서의 단어 선택 하나도 이렇게 어려운 것을 보면 야구는 선수에게 뿐만 아니라 야구와 관련있는 모든 사람들에게 어려운 스포츠인가 보다.

〈2025.11.12.〉

천만 관중 시대에 걸맞은
중계방송 용어 제안

'습관적 플레이 증후군'에 대한 글. 어떤 상황이든 뒤에 붙이면 말이 되는 마법의 단어 '플레이'에 대해서 모두 한번은 신경을 썼으면 하는 생각을 밝힌 글로, 장단음에 대한 칼럼을 쓰고 나서 생각보다 좋은 반응에 용기를 내서 썼던 글이다.

이번에 나눌 이야기는 별 의미 없는 '플레이'라는 단어에 대해서이다

외야에서 내야의 각 베이스 혹은 홈으로 야수를 거쳐서 공을 전달하는 과정을 우리는 '중계'라고 한다. 한자어로는 '中継'. 사전적인 의미는 '중간에서 이어줌'이다. 영어로는 '릴레이(Relay)'다. 그런데 방송을 듣다 보면 이상하다. 캐스터, 해설 모두 그냥 '중계'에서 끝나는 게 아니라 뒤에 '플레이'를 꼭 붙인다. 그래서 이 행위는 '중계 플레이'라고 모두가 부르고

있다.

"중계 플레이가 원활하게 이뤄지지 않았다.""지금은 중계 플레이가 좋았다."

우리는 이런 캐스터, 해설의 이 표현을 매 경기 듣는다.

자! 그럼 위 문장에서 플레이를 빼보자.

"중계가 원활하게 이뤄지지 않았다.""지금은 중계가 좋았다."

의미가 다른가? 아니. 같다.

그럼 그냥 '중계'라고 하면 되는데 왜 뒤에 '플레이'를 붙이는 걸까?

답부터 이야기하면 '중계 플레이'는 일본 용어다. 일본에서 한자어 '중계'에 영어 '플레이'를 붙여서 '츄게이 프레이(中継 プレイ)'라는 용어를 만들었고, 이 용어가 여과 없이 우리 야구에도 쓰이고 있다. 우리가 야구 이야기를 하면서 별 생각 없이 여기저기에 '플레이'를 붙이게 된 시발점이 바로 이 '중계 플레이'이다.

단순히 일본 용어를 썼다고 해서 잘못됐다는 것은 아니다. 어차피 '야구' '투수' '타자' '유격수' '안타' 등 수많은 용어가 일본에서 그대로 들어왔다. 대체 불가능한 용어는 그냥 쓰면 된다.

문제는 우리가 여기에 창작을 해서 덧붙이고 있다는 것이다. 우리는 야구장 안에서의 많은 동작에 '플레이'를 덧붙이는 습관이 붙어버렸다. 나라고 다르지 않다. 나도 이게 오랜 습관이었으니까.

예를 들면 '병살 플레이', '주루 플레이'가 그렇다. 내가 확인한 바로는 일본에서 '츄게이 프레이'는 쓰지만 '병살 플레이'와 '주루 플레이'는 쓰지 않는다. 이 두 용어는 우리나라의 창작물이다.

병살 과정에서의 수비 행위를 말하는 경우 그냥 이 행위 자체가 '더블 플레이'라서 더블 플레이를 쓰면 되는데 '병살 플레이'라는 말을 쓴다. 일본은 '따부르 프레이'를 쓴다. 더블 플레이의 일본식 발음이다. 주루는 그들도 그냥 주루라는 단어를 사용한다.

다시 한번 강조하지만 여기서 말하고 싶은 바는 단순하게 '일본 용어니까 쓰지 말자'가 아니다. 앞에서 내 스승 임주완 캐스터의 가르침에 대해 이야기한 적이 있는데, 다른 사례 하나를 들어보겠다. 교육 기간에 그가 했던 말이다.

"우리가 일본어인 줄 모르고 쓰고 있는 표현들이 있어요. 대표적인 게 '곤색', '기라성' 또 '발목을 잡다'입니다. 곤색은

감색 혹은 남색으로, 기라성은 샛별로, 발목을 잡다는 덜미를 잡다로 쓰는 것이 맞아요."

나는 이 가르침을 철저히 따랐다. 그런데 2000년대 초반 일을 시작하고 얼마 안 됐을 때부터 많은 매체에서 '발목을 잡다'라는 표현을 쓰기 시작하더니 차차 그 빈도가 막을 수 없을 정도로 잦아졌다. 옛날 신문의 검색 결과를 보더라도 '발목을 잡다'라는 표현은 2000년대 이전까지는 거의 쓰지 않았음을 알 수 있다.

1920년부터 1999년까지 '발목을 잡다'는 단 34회 검색된다. 80년대 들어서 쓰인 두 차례의 기사를 제외하면 나머지 32회의 검색 결과는 진짜 발목을 잡는 행동을 묘사한 표현이지 요즘 쓰는 '덜미를 잡다'와 같은 의미로 쓰지 않았다.

대중 언론에서 본격적으로 이 표현을 사용한 이유는 뭘까? 나는 만화 『슬램덩크』 때문이라고 짐작한다. 1992년부터 공식 라이선스로 출간된 이 만화는 국내에서도 엄청난 인기를 끌었다. 이 작품에서 서태웅, 채치수를 비롯한 많은 북산의 인물들이 강백호에게 하는 말이 있다.

"내 발목을 잡지 마!(足を引っ張る, 아시오힛빠루)"

1990년대에 이 만화를 본 세대들이 2000년대에 언론계에 진출해 기사를 생산하면서 '발목을 잡다'가 스포츠계에서 굳어진 것이 아닌가 추측한다.

비교적 최근에 이 표현을 그냥 쓸지, 아니면 이건 잘못된 일본식 표현이라고 이 표현을 쓰는 사람들과 싸워야 하는지를 스승에게 물었다.

"언어는 항상 변해요. 내가 교육을 하면서 정우영 씨에게 그런 내용을 말했다면 그건 그 당시의 이야기로 생각하는 것이 맞아요. 지금 사람들이 그 표현을 널리 쓰고 있으면 그냥 두세요. 우리는 대중의 생각과 싸우는 사람들이 아니에요."

나는 그때의 가르침을 존중하면서 지금까지 방송을 하고 있다. '제가 배웠습니다! 제 말이 맞습니다'라고 우기지는 않지만, 그렇다고 '발목을 잡다'를 방송에서 적극적으로 쓰지도 않는다.

다만, 일본 용어 중에 잘못된 조어나 아예 잘못된 단어는 바꾸는 것이 낫지 않겠느냐는 생각은 늘 가지고 있다.

또 하나 예를 들면 '잘못된 조어'의 대표적인 경우로 '포볼(Four ball)'이 있다. '베이스 온 볼스(Base on balls)'의 다른 말로 원래 용어는 '볼 포(Ball four)'인데 이게 일본에서 포볼이 됐고,

우리나라에서는 90년대까지 방송에서도 공식 용어처럼 쓰였다. 지금도 물론 현장에서는 포볼을 가끔 쓰고 있기는 하지만 KBO 허구연 총재를 비롯한 많은 사람의 노력으로 대중들에게 '포볼'은 '볼넷'이 됐다. 비슷한 예로 '몸 맞는 공'으로 30년 가까이 쓰인 잘못된 용어 '데드볼'도 이제 방송에서는 완전히 바로잡혔다.

아예 다른 의미의 잘못된 용어에는 '바스타'가 있다. 우리나라에서 'Fake bunt and Slash'로 가장 널리 알려진, 번트에서 강공으로 전환하는 동작을 일본에서는 '바스타'라고 한다. 어원은 알 수 없다. 내 예전 책인 『야구장에 출근하는 남자』에서 페이크 번트가 어쩌다가 바스타가 됐을까를 추측한 적이 있는데 요약하면 이렇다.

'미국과 일본의 야구 교류 초창기에 일본은 작전 야구를 통해서 미국을 상대하려 했고, 주자가 나가면 번트, 치고 달리기, 페이크 번트 등을 통해서 미국을 흔들려 했다. 수차례 이 작전이 성공했을 때, 미국의 1루수가 작전을 수행했던 타자에게 'Bastard'라고 욕을 한 것을 타자가 듣고 명칭인 바스타로 오인한 것이 아닐까?'

진실은 알 수 없다. 관점에 따라 일본어에 'ㅓ'발음이 없어서 'Burster'나 'Buster'가 바뀐 것이 아닌가 하는 추측도 있지만, Burster는 'Cloud burster'로 아주 높게 뜬 플라이볼의 관용적 표현이다. 그러니까 이건 아닐 것 같다. 일본 야구 관련 홈페이지에서 어원을 확인하려 해도 내 일본어 지식이 짧아서 검색이 불가능했다.

아무튼 이 '바스타'도 2000년대까지 중계방송에서 캐스터, 해설이 모두 썼다. 고백하자면 나도 썼다. 이후 많은 이들이 노력하면서 현재 이 동작은 '페이크 번트' 혹은 '공격(강공) 전환'으로 완전하게 대체됐다.

이 글의 시작으로 돌아가 보자.

'왜 우리는 어떤 동작에 플레이를 뜬금없이 붙일까?'라는 질문으로 이 글을 시작했다. 조사한 바에 따르면 '추게이 프레이'라는 잘못된 조어의 일본식 합성어가 여과 없이 들어와 '중계 플레이'가 됐으며, 이게 우리나라에서 'ㅇㅇ 플레이'로 계속 확장되고 있다는 것이 답이다.

나는 이게 단순한 문제라고 생각하지 않는다. '플레이'는 어디에 붙여도 다 말이 되기 때문이다. 이 추세로 가다 보면 야구장의 모든 행위에 플레이가 붙게 될지도 모른다.

"지금 저 타자는 타격 플레이가 환상적이었어요."

"투수의 투구 플레이가 예술이군요."

"감독의 교체 플레이가 문제가 있다고 생각합니다."

오랜 시간이 지나고 우리가 이런 말을 하지 않을 것이라고 장담할 수 있나?

그럼 마지막으로 질문하겠다.

'플레이'를 붙이지 않는 것이 맞을까? 아니면 그냥 쓰기 시작한 거, 언어는 유기체라는 핑계를 대고 계속 쓰는 게 맞는 걸까?

〈2025.9.24.〉

사회 각 분야의 인터뷰 어미 처리가 습관적으로 '~한 것 같습니다'가
된 상황에서. 예능 프로그램 《뽕뽕 지구오락실》에 출연하는 멤버들이
그 표현을 사용하지 않는 걸 보고 쓴 칼럼 이후 내 첫 스포츠 캐스터
교육과 연결해 다시 작성한 글이다.

스포츠 캐스터가 된 후, 내 교육을 맡았던 선배는 야구와
골프를 주로 중계했던 이홍섭 아나운서였다. 그에게 스포츠
캐스터의 화법으로 가장 먼저 배운 게 있다.

"너희가 하는 말에서 '같습니다'를 모두 빼도록 해. 이게 캐
스터로서 가장 안 좋은 거야."

와! 이게 쉽지 않았다. '~인 것 같아요'와 '~인 것 같습니
다'를 말투에서 빼는 데에도 꽤 오랜 시간이 걸렸던 것으로
기억한다.

여러분도 한 번 테스트 해보기를 권한다. 앞으로 한 시간만

'같습니다'를 빼고 생활을 해보면 알 것이다. 평소 언어 습관에서 '같습니다'를 빼는 것이 얼마나 힘든지.

'~인 것 같아요', '~인 것 같습니다'를 빼는 것이 중요한 것은 비단 스포츠 캐스터라는 직업 뿐만이 아니다. 해설자나 선수의 언어에도 매우 중요하다. '같습니다'는 추측의 언어다. 해설위원이 '같다'는 말을 많이 쓰면 본인의 해설에 확신이 없다는 뜻이 된다. 선수도 마찬가지다. 최근 선수들은 과장을 좀 보태서 '같습니다'로 끝나는 인터뷰가 80%를 넘을 것이다.

한 번은 이런 일이 있었다.

새로 해설위원으로 올 예정인 야구인과 시즌 개막을 앞두고 중계방송 리허설을 진행했다. 첫 리허설을 앞두고 담당 PD가 해설위원에게 부탁했다.

"위원님, 하고 싶은 말씀 다 하세요. 대신 딱 한 가지만 부탁드릴게요. 말씀을 끝내면서 마지막에 '~인 것 같습니다', '~인 것 같아요' 이것만 최대한 하지 않겠다는 생각을 해주시면 좋겠습니다."

이렇게 본격적으로 첫 리허설에 돌입했는데 그 해설위원이 말을 마무리하며 계속 머뭇거렸다. 그러다 보니 얼마 동안 해설위원의 멘트 분량이 너무 적어졌다. 잠시 쉬는 시간에 난

PD에게 부탁했다.

"오늘은 '~인 것 같아요'를 그냥 하는 걸로 해보죠. 지금 위원님이 그쪽에 신경을 너무 많이 쓰고 있어서 다른 이야기가 아예 나오지를 않네요."

이후 '~인 것 같아요'를 사용하기 시작하고 그 해설위원은 잃어버렸던 언변을 되찾고 이내 그 종목의 전문성을 뽐내기 시작했다.

마지막 리허설을 앞두고 그 해설위원이 날 보며 말했다.

"저는 제가 '같습니다', '같아요'를 이렇게 많이 쓰는지 정말 몰랐어요. 그걸 안 하려고 하니까 말문이 턱하고 막히더라고요."

지금은 '같아요'의 시대다. 일상에서도 그런데 방송은 더 그렇다. 우리도 모르는 사이에 어느새 '같아요'의 시대에 살고 있다.

영화, 예능, 스포츠 등 모든 분야의 인터뷰에서 '같아요'는 치트키다. 좋아하는 선수나 연예인의 인터뷰를 검색해보면 '같습니다', '같아요'가 거의 매 말끝마다 등장하는 인터뷰를 바로 확인할 수 있다.

"'같습니다'가 잘못된 표현도 아닌데 그냥 쓰면 되잖아요!

왜 우리 선수들(배우, 아이돌, 예능인 등등)이 잘못한 것처럼 그래
요!"

이렇게 하는 날 탓하고 싶어 하는 사람도 있을 거다. 충분
히 이해한다. 물론 '같아요'를 쓰는 것이 잘못은 아니다. 잘못
했다는 것이 아니라 자신이 생각하는 바를 훨씬 더 명확하고
간결하게 표현할 수 있는 방법이 있다는 말이다.

일단 예를 들어 보자.

A라는 투수에게 '오늘 호투의 비결'을 물어봤다고 가정하
고, 매우 무난하게 대답을 적을테니 A1과 A2의 답을 비교해
보시길 바란다.

A1: 포수인 B형의 리드 대로 던졌던 것 같아요. 그리고 오늘은 제
가 원하는 곳으로 제구도 잘 됐던 것 같아요.
A2: 포수인 B형의 리드 대로 던졌어요. 그리고 오늘은 제가 원하는
곳으로 제구도 잘 됐죠.

두 답변에서 명확한 차이를 볼 수 있다. A1은 우리가 최근
항상 보는 수훈 선수 인터뷰의 느낌 그대로다. '~인 것 같아
요' 때문이다.

국립국어원은 '~같다'를 '추측, 불확실한 단정을 나타낸다'고 정의한다. 그래서인지 A1의 표현은 본인이 포수 B형의 리드에 따랐다고 이야기를 하고 있음에도 뭔가 애매한 구석이 있다. 제구가 잘 된 것도 역시 애매하다. '같아요'가 있기 때문이다.

그럼 A2는 어떤가? 훨씬 간단명료하면서도 본인의 행동을 잘 표현하고 있다. '~것 같아요'만 없을 뿐인데 B형의 리드가 좋았고, 본인의 제구도 잘 됐다고 간결하고 확실하게 의미를 전달하고 있다.

사실 이 정도는 매우 양호하다. 진짜 문제는 본인의 감정에도 불명확한 추측인 '~같아요'를 쓸 때다. C선수의 첫 홈런 소감을 가정해보자.

C1: 기분이 정말 좋은 것 같아요. 사실 작년만 해도 과연 제가 프로가 될 수 있을까 고민도 많았는데 그랬던 제가 프로 선수가 돼서 첫 홈런을 쳤다는 것을 믿을 수 없는 것 같아요.

'기분이 좋은 것 같아요.'

믿을 수 없게도 위 문장은 스포츠 선수 뿐 아니라 방송의 모든 영역에서 들을 수 있는 말이다. 이런 인터뷰, 정말 비일비재하게 발생한다.

왜 우리는 '기분 좋다'는 말 대신 '기분이 좋은 것 같아요'라고 애매하게 말하기 시작했을까? 언제부터 이런 애매한 추측이 우리를 지배하기 시작했을까?

C2: 기분이 정말 좋아요. 사실 작년만 해도 과연 제가 프로가 될 수 있을까 고민도 많았는데 그랬던 제가 프로 선수가 돼서 첫 홈런을 쳤다는 것을 믿을 수 없어요.

C1의 애매했던 감동이 '같아요'만 빼니 C2는 당장에라도 눈물을 쏟아내도 될 법한 인터뷰가 됐다.

'같아요'가 인터뷰 말투의 대세가 된 이유에는 몇 가지 '설'이 있다. 그중에 가장 공감이 가는 설은 '자신감이 없는 상태로 인터뷰를 하면서 뭐라도 말은 해야겠다는 생각이 들어서 사용하게 되고 이후 한 번, 두 번 하게 되면서 점차 자신의 말투로 굳어지는 것'이다. 또 다른 설은 '방송 분량 확보를 위한 말 늘이기의 한 방법'이라는 것. 나는 이 두 가지 원인이 상호작용을 하면서 현재의 상황이 만들어진 것이 아닌가 추측한다.

위에도 언급한 것처럼 말미에 '같아요'를 쓴다고 그 말이 틀린 것은 아니다. 실제로 홈런 소감에 자주 등장하는 '상대 투수의 실투였던 것 같아요'는 실투가 아니었을 수도 있으니 맞다. 그러나 이런 불확실한 상황이 아니라면 '같아요'는 사용하지 않는 것이 훨씬 듣기 좋고 의미도 명확하게 전달된다.

예능 중에 《뿅뿅 지구오락실》이라는 프로그램이 있다. 그 프로그램을 보다가 출연진의 이야기에 놀라서 몇 번을 다시 보며 받아적은 적이 있다. 일단 공통 질문이 있었다.

"발리 포상 휴가가 끝났는데 느낌이 어떤지?"
- 유진: 일단 맛있는 것도 많이 먹고, 잠도 잘 자고, 게임도 재밌게 하고 너무 즐거웠습니다. 너무 아쉬워요.
- 은지: 너무 행복했습니다. 지금까지 누릴 호사는 웬만하면 다 누렸다. 게임보다는 호사 위주로 누린 게 발리지 않나⋯⋯.
- 미미: 지구오락실이라는 예능 프로그램을 하게 되면서 큰일 났어요. 역마살이 꼈나 봐요. 자꾸 나가고 싶어요. 막. 서울 말고 막 나가고 싶어요.

최근 '인 것 같아요'를 쓰지 않은 인터뷰가 기억이 나지 않을 정도였는데, 이들이 이런 인터뷰를 해줘서 너무 고마웠다.

이들이 세대를 넘어 높은 인기를 구가할 수 있는 이유에는 지금과 같은 불확실한 시대에 '같아요' 없는 언어 구사로 듣는 이에게 무의식 중에 '확신'을 심어주고 있기 때문이라는 생각이 든다.

너무 넘겨짚는 것일지도 모르겠지만 말이다.

'회사원 아나운서도 멋있구나.'
'회사원 캐스터도 괜찮구나.'
라고 할만한 사람이 한 명 쯤 있었으면 좋겠다.

그게 나였으면 좋겠다.

4부

'회사원'

인생 2기

스포츠 캐스터

LIVE

2014년, 11년을 다닌 회사를 그만두고 SBS 스포츠로 이직을 했다.

한 회사원의 이직이었을 뿐인데 많은 야구 팬이 관심을 가져주셨다. 심지어 기사화도 많이 됐다. 아마 나 혼자 옮겼다면 그렇게까지 화제가 되지는 않았을 텐데 이순철 해설위원과 후배인 김민아 아나운서까지 같은 시기에 SBS 스포츠로 옮기면서 많은 관심을 받았다.

솔직히 자신만만했다. 나 자신에 대한 자신감도 있었지만 전 직장에서 호흡을 맞췄던 파트너도 있고, 후방을 든든하게 받쳐주는 포수 같던 존재도 함께 같은 직장으로 가게 됐다는 게 자신감을 더한 배경이었다.

목표는 1등이었다. 자신 있었다. 그냥 자연스럽게 따라올 결과라고 생각했다. 시청률이라는 것이 운의 영역이고 시청률이 높은 특정 팀을 자주 중계방송하는 것이 방송사의 정규 시즌 시청률을 높이는 데에 도움이 된다는 점은 그 당시에도 충분히 인지하고 있었다. 그때까지 SBS 스포츠는 2008년 프로야구 전 경기 중계방송 시대가 열린 이후 한 차례도 시즌 시청률 1위를 차지한 적이 없었다. 그저 순리대로 몇 시즌을 치르다 보면 자연스럽게 1위를 할 수 있다는 믿음이 있었다. 그보다 더 중요한 것은 얼마나 채널에 '야구 이미지'를 잘 입혀주는가 라고 생각했다. 이 부분은 이순철 해설위원과도 생각이 같았다.

이직을 일주일 앞두고 SBS 스포츠의 프로야구 실무진, 이순철 해설위원과 함께 미팅을 했다. 2년 동안 기아 타이거즈의 수석코치직을 수행했던 이순철 위원과도 오랜만에 만난 자리였다. 그곳에서 우리는 모두 채널에 제대로 '야구 이미지'를 입히자고 다짐했다.

프로야구 개막을 한 달 앞두고 지상파 방송사가 개막전 중계방송에 투입된다는 소식을 듣게 됐다. 당시 SBS 스포츠는 지상파의 스포츠국 역할을 함께 하고 있었다. 'One SBS'라는 정책(SBS 관계사 전체에서 최고의 인력이 가장 중요한 업무를 맡는 것)에 따라 내가 지상파 개막전을 맡게 되었다. 개막전이 중요한 콘텐츠고 아니고의 문제가 아니었다. 나에게는 사실 지상파든 케이블채널이든 똑같은 중계방송이지만, 회사에서 보내주는 신뢰의 크기가 내게는 매우 중요했다. 그것도 이직한 지 아직 2개월밖에 되지 않았던 나에게 이런 전폭적인 신뢰를 보여준 다는 것에 진심으로 감사했다.

이후 이순철 해설위원과 나는 지금까지 12년 동안 지상파의 개막전을 중계방송했다. 이걸 공식적으로 기록하는 사람은 없을 테지만 우리나라 프로야구 중계방송의 역사에서 지상파 개막전을 12년 연속 중계방송한 콤비는 나와 이순철 위원이 유일할 것이다. 혹시 우리보다 길게 지상파 개막전을 중계한 콤비를 알고 있다면 꼭 알려주셨으면 좋겠다.

따지고 보면 지상파 개막전 뿐 아니라 포스트시즌 포함 지상파에서 열리는 프로야구와 국가대표 야구 콘텐츠 생중계전 경기를 나와 이순철 위원이 중계방송했다. 이렇게 전폭적으로 야구라는 종목에서 우리를 밀어준 결과는 차근차근 나타났다. 그런데 이것은 시간이 조금 흐르고 나서의 이야기.

2014년 전반기를 마무리할 즈음에 나의 진가를 발휘할 기회가 찾아왔다. '2014 프로야구 올스타전'.

당시 전반기를 한 달여 앞두고 월드컵 중계방송을 다녀왔는데 거기서 브라질 스타일로 해보겠다고 "고올~~~~"을 길게 뽑다가 예상치 못한 비난을 받아 의기소침해 있던 시기기도 했다.

올스타전은 자신만만한 정도가 아니었다. 그냥 '나 = 올스타전'이라고 생각하고 있었다. 그도 그럴 것이 나는 2008년부터 프로야구 올스타전 생중계방송을 담당했는데 그때마다 1등을 놓친 적이 없었기 때문이었다. 현장에서 중계방송을 하건, 스튜디오에서 타사의 화면을 받아서 중계를 하건 상관없었다. 올스타전은 내가 1등이라고 항상 생각했다.

이렇게 자신감으로 가득하던 2014년 7월 18일의 광주. SBS 스포츠가 현장에서 생중계 방송을 하고 다른 방송사들은 우리 화면을 받아서 생중계를 하는 형식이었다. 앞서 시즌 시청률 1위는 운의 요소가 많이 작용한다고 말한 바가 있는데, 동시 생중계의 경우는 이야기가 달라진다. 그냥 시청자들이 더 좋아하는 방송사, 더 좋아하는 중계진의 방송에 채널을 멈추기 때문이다.

나는 이번 중계방송에서 1위를 하면 내 진가가 나올 수 있다고 생각하고 최선을 다했다. 그동안 올스타전 생중계 1위를 놓치지 않았던 경험과 더불어, 시청자들은 현장 생중계 방송을 선호하니 무난히 1위를 할 것이라고 생각했다. 중계방송을 마치고는 아나운서, PD 포함 전 중계진 그리고 현장 로케를 했던《베이스볼S》팀과 승리를 축하하면서 회식도 했다. 그리고 걱정 없이 푹 잤다. 뻔히 완벽하게 이겼을 거라고 생각했으니 걱정할 이유가 없었다.

이튿날. 충격적인 결과를 들었다. 우리는 3등을 했다. 나의 멘탈은 완전히 무너졌다. 지난 2008년부터 해왔던 올스타전 1등은 내가 만든 결과가 아니었다는 걸 그때서야 깨달았다. 나는 중계방송의 여러 톱니바퀴 중 하나였을 뿐, 톱니의 중심축은 아니었던 것이다.

짧았던 올스타 브레이크를 마친 뒤 나를 SBS 스포츠로 이끌어준 당시 팀장과 이 문제를 놓고 이야기를 나눴다. 나는 어떻게든 올스타전을 통해서 내 가치를 증명하려 했으나 그러지 못했던 점에 대해서 많이 위축되어 있었다. 그는 매우 조심스러운 말투로 나에게 이렇게 조언했다.

"시청률은 중계진이 통제할 수 없는 부분이야. 마이크 앞에서 뭘 할 수 있어? 시청률을 생각하면서 오버를 한다고 쳐봐. 그게 시청률에 연결될까? 난 아니라고 생각해. 그렇다면 뭘 잘 해야 되는 걸까? 평상시 탄탄한 중계방송 능력을 시청자들에게 인식시키는 것이 제일 중요하다고 생각해. 완벽한 방송을 하면 시청률이 잘 나올까? 모르겠어. 또 방송을 잘하는 것이 시청자들에게 호감을 줄까? 이것도 잘 모르겠지만 실수 투성이로 방송을 하는 것보다는 도움이 될 거야. 그렇게 시청자들에게 매일매일 좋은 이미지를 줄 수 있도록 해보는 거야. 최대한 완벽한 방송을 하도록 노력은 해봐야지. 그래도 완벽하지는 않겠지만 말이야. 진 거는 진 거고, 이미 결과가 나온 걸 바꿀 수는 없잖아. 이제부터 잘해서 다시 시작하는 거지. 이번 올스타전 한 번을 위해서 너를 데려온 건 아니야. 길게 보자고, 매일매일. 조금씩 조금씩."

이 조언은 지금까지, 좀 더 정확하게 말하면 이직 후 지금까지의 내 방송 인생 2기에 가장 큰 영향을 끼쳤다.

그 후 방송에 있어서 몇 가지 태도를 바꿨다. 특히 가장 크게 바꾼 것은 시청률에 대한 태도였다.

나는 전 직장에서 시청률이 잘 나오는 것에 대한 자부심이 매우 컸고, 그걸 여기저기 자랑하면서 그걸 마치 내 힘이자 회사의 힘인 것처럼 티를 내려 했다. 그럴수록 겸손해야 했다는 걸 그때 알게 된 것이다. 난 진 사람들에 대한 배려가 없었다. 다른 방송사 사람들이 봤을 때 그런 행동이 얼마나 눈엣가시였겠는가? 그런데 그게 얼마나 유치한 일이었는지를 져

보고 나서야 알았다.

사실 처음에는 잘 되지 않았지만, 시청률이라는 결과에 최
대한 신경을 쓰지 않으려고 노력했다. 그렇다고 이기려 하
지 않았다는 게 아니다. 팀장의 이야기대로 최대한 완벽한 방
송을 위해서 노력했다. 언제나 내가 마이크 앞에 있을 때마
다 말이다. 단, 그 이튿날 나오는 시청률에 대해서 최대한 초
연하려 했다. 그리고 동시 생중계 방송의 결과에 대해서도 마
찬가지다. 이겨도 좋아하려 하지 않았고, 져도 실망하려 하지
않았다. 물론 좋아했고, 실망했을 것이다. 그래도 최대한 그
런 마음을 누르려 노력했다. 어떤 결과가 나오든 간에 평정심
을 최대한 유지하려 노력했다. 당연히 쉽지 않았다.

2018년에는 동계올림픽이 있었다. 나는 그때 아이스하키
와 봅슬레이 중계를 담당했다. 초반을 아이스하키로 시작해,
후반을 봅슬레이로 끝내는 일정이었다. 특히 아이스하키에
대한 관심이 대회 초반에 매우 높았다. 여자 아이스하키는 남
북한 단일팀이 구성되면서 큰 관심을 받고 있었고, 남자팀도
귀화 선수들을 대거 포함하면서 극적으로 올림픽 진출을 확
정 지은 터라 해볼 만하다는 평가였다. 언제나처럼 나는 중계
방송에 자신 있었다. 아이스하키는 내가 좋아하는 종목이기

도 했다.

'끝내주게 한 번 해보자. 끝내주게. 그동안 아무도 못 했던 걸 해보는 거야.'

'그동안 아무도 못 했던 것'의 의미는 바로 선수 콜이었다. 아이스하키는 10초에서 20초마다 선수 교체가 일어난다. 무게가 나가는 경기복을 입고 경기를 하다 보니 10~20초 동안 모든 것을 쏟아붓고 빠르게 교체한다. 최대로 뛰어 봐야 30초를 넘지 않는다. 그래서 선수의 이름을 부르려면 이 종목을 오래 보면서 선수들을 파악해 놓지 않으면 불가능하다. 또 양쪽을 다 알아야 흉내라도 낼 수 있다. 우리나라 지상파 중계방송에서 자세한 선수 콜이 있는 아이스하키 중계방송은 여지껏 없었다. 사실 아이스하키 중계방송 기회도 거의 없기는 했지만 말이다.

나는 동계올림픽 2주 전부터 우리 대표팀이 포함된 같은 조 선수들의 등 번호가 확정 나자마자 그들의 이름을 외웠다. 남녀 모두 외웠다. 옆구리를 쿡 찌르면 선수 이름이 줄줄 나올 수 있도록 훈련했고, 경기의 리듬을 위해 각 대표팀의 탑 디비전 경기들을 보면서 선수 콜의 템포를 익혔다.

"한국 공격, 체코 공격! 한국! 아! 한국 슛! 골!"

또는

"한국, 좌중간, 패스, 한국 우중간에서 받아서 슛!"

이런 중계방송을 하지 않으려고 필사적으로 매달렸다. 그리고 마침내 그날이 왔다. 중계는 완벽했다. 하고 싶은 걸 다했다. 호흡도 좋았다. 올림픽 아이스하키 중계방송에서 함께 중계를 했던 오솔길 해설위원과는 세계 선수권 대회를 통해 2년 동안 합을 맞춘 상태였고, 여자팀의 경기도 남한팀 만의 평가전과 단일팀 평가전을 모두 중계해 봤다. 또 대회 직전, 남북 단일팀에 막판 탈락한 이민지 선수까지 영입하면서 대표팀 선수들의 심리적 측면까지 시청자들에게 전해줄 수 있게 됐다.

중계방송에서 각자의 역할이 모두 완벽하게 맞아 떨어졌다. 이번 올림픽에서 아이스하키를 처음 접하는 사람도 그 매력에 한껏 빠져들 수 있는 완벽한 중계방송을 원했는데, 그걸 이룬 것 같아 행복한 마음이 가득했다. 중계를 마치고 너무 좋은 기분에 셋이 미디어 빌리지 밖에서 식사를 하면서 축배를 들었다.

주변 사람들로부터 메시지도 많이 도착해 있었다.

'이런 아이스하키 중계는 처음이예요.'

'조선 최고의 아이스하키 캐스터!'

'아이스하키가 이렇게 재밌는 거였네요.'

대부분 방송을 하는 사람들에게서 받은 연락이었는데, 이런 메시지들을 하나하나 확인하면서 이번 중계방송에서는 진짜 일을 제대로 했다는 보람이 마음에 가득 차올랐다. 돌아와서 TV를 켜고 채널을 돌려보니 타사의 하이라이트 중계방송이 나오고 있었다. 타사의 중계방송은 캐스터의 선수 콜이 거의 없었다. 국가 이름과 퍽의 위치를 말하는 중계를 하고 있었다. 나는 확신했다. 내 캐스팅이 더 좋았고, 우리가 완벽하게 이겼다는 것을.

그리고 이튿날, 졌다. 내 멘탈은 완전히 붕괴됐다. 동료들에게 불만을 털어놨다.

"이렇게 하고도 지면 어쩌라는 거야!"

오전 내내 만나는 사람마다 만나서 투덜거렸다. 오후에 IBC(International Broadcasting Center, 국제방송센터)에 출근했다. 당연히 내 불만은 팀장의 귀에 들어갔다. 팀장은 나를 불렀다. 그는 언제나처럼 차분하게 내게 말했다.

"어제 네 중계는 좋았어. 해설위원들도 마찬가지였고. 그럼에도 시청률에서 졌던 이유에는 여러 가지가 있을 거야. 우리 회사가 올림픽 방송사들로 보면 막내 방송사인데 그러다 보니 시청률 주도층에서는 우리가 아닌 타사를 먼저 선택하는 습관이 있었을 수도 있지. 아직 네 목소리가 야구 팬이 아닌 대중에게는 널리 알려지지 않았을 수도 있고, 해설위원의 인지도가 타사에 비해 약했을 수도 있지. 정확하게 원인이 뭔지 딱 짚어서 말할 수는 없는 거야. 그런데 뭔가 좋지 않은 결과가 나왔을 때, 여기에 대해서 어떻게 대처하는지가 더 중요해. 지금 너처럼 불만을 토로하면 함께 일을 하는 사람들이 불편해져. '본인은 잘했는데 우리 때문에 졌다는 거야?'라는 생각을 할 수 있거든. 아무 말을 안 하면 오히려 다들 이해할 수도 있을 텐데 말이야. 그리고 잘했든 못했든 어떤 결과가 나왔다고 하면 그 원인은 본인에게서 찾는 게 먼저야. 남의 탓만 하다 보면 발전을 할 수가 없어."

이때 진짜 깨달음이 왔다. 특히 '원인을 먼저 본인에게서 찾으라'는 조언은 지금까지도 가장 먼저 생각하는 말이다. 또 불만에 가득 찬 후배들이 내게 조언을 요청하면 언제나 처음으로 해주는 말이기도 하다.

"문제가 발생했을 때 남 탓 말고 나부터 돌아보라."

2014년과 2018년, 두 차례에 걸친 팀장의 조언을 통해 마음을 다잡았다.

일단 방송이라는 것이 나 혼자 잘나서 하는 것이 아니라 모두가 함께 만들어 가는 작업이라는 것을 항상 마음속으로 생각했다.

또 멘탈 관리를 위해서 하루하루의 결과에 너무 일희일비하지 않기로 했다.

마지막으로 뭔가 좋지 않은 결과가 나오면 내 방송을 다시 봤다.

그렇게 내 방송을 다시 보기 시작한 첫날이 아이스하키 시청률에서 졌던 바로 그날이었다. 그리고 문제를 찾았다. 나는 너무 시청자들을 몰아붙이고 있었다.

'나 잘하지? 너네 우리나라에서 이런 중계방송 들어봤어?'

이렇게 외치는 것 같았다. 부끄러웠다. 이후 중계방송에서는 조금의 여백을 주기 시작했다. 결과도 조금씩 좋아지기 시작했다. 또 바꿔야겠다는 생각에도 불구하고 제대로 바꾸지 못했던 마음가짐도 이 즈음부터는 확실히 바뀌기 시작했다.

이후로도 나는 꾸준히 스포츠 중계방송에 있어서 회사로부터 전폭적인 지원과 지지를 받으면서 많은 중요한 경기들과 국가대표팀 경기에 투입이 됐다. 그 덕분에 점점 스포츠 팬들에게 익숙한 목소리가 될 수 있었다.

정우영이 누군지는 몰라도, 정우영 아나운서는 잘 모르겠어도 정우영 캐스터는 들어본 것 같고, 정우영 샤우팅은 한 번 들으면 '아! 이 사람!'하고 알 수 있는 사람이 됐다. 내가 중계하는 경기의 시청률도 자연스럽게 따라왔다. 어느 시점부터는 종목을 가리지 않고, 지는 쪽보다 이기는 쪽에 더 자주 서 있는 사람이 됐다. 그럼에도 승패는 병가지상사일 뿐, 오늘 이기면 내일 질 수도 있고, 내일 지더라도 그 다음날 또 이길 수 있는 것이 경쟁임을 잘 알고 있다.

SBS 스포츠로 이직한 후 맞이한 내 중계 인생 2기의 가장 큰 변화는 이런 마음가짐이었다.

어제는 2025년 프로야구 정규시즌의 마지막 동시 생중계를 했다.

전날 늦게 잠들었음에도 7시 58분에 눈이 떠졌다. 시청률은?

졌다.

이런.

자! 다시 찾아보자!

내 문제점을.

어제 중계에서는 뭐가 잘못됐을까?

운동을 하는 이유

LIVE

2012년 12월 중순, 전 직장 회사의 임원이 임원실로 나를 불렀다.

"자네 내년에 중요한 프로그램을 맡게 될 거야. 준비를 단단히 하도록 해."

그때나 지금이나 나는 내가 하는 일에 특별한 준비라는 게 따로 없다고 생각한다.

평소 스포츠에 대한 관심, 종목에 대한 애정, 선수에 대한 지식 그리고 승부의 순간에 발휘되는 야성이 중요하다고 생각해 왔다. 준비를 하라고 하는데, 준비를 할 게 별로 없었다.

'뭘 하지?'

고민을 하던 중, 거울 속의 나를 보며 실망을 했던 것으로 기억한다. 당시 몸무게가 85kg 정도. 비대해질 대로 비대해진 몸에 얼굴에도 살이 붙을 대로 붙어서 턱이 세 개 정도는

돼 보였다.

나는 원래 달리기로 건강을 관리하는 사람이었다.

이전 책『야구장에 출근하는 남자』에도 썼는데, 내가 축구 중계방송을 하던 시절, 연이은 밤샘 스케줄이 건강에 좋지 않은 영향을 끼치면서 자주 가위에 눌렸고, 이런 생활 패턴을 좀 바꿔보려고 달리기를 시작했다.

남산길을 달리면서 내 일과 표현에 대한 영감을 찾는 것을 즐겼다. 그러다 조금씩 러닝 거리를 늘렸고, 2011년부터는 본격적으로 마라톤을 준비했다. 거의 매일 하루 10km 이상을 달렸다. 비가 오건, 눈이 내리건, 폭염이 덮친 날이건 상관없이 뛰었다. 10km에 완전히 적응했다고 생각이 든 이후에는 거리를 점점 늘리면서 하프 마라톤 거리까지는 뛸 수 있게 됐다. 여기까지가 불과 6~7개월 만의 일이었으니 매우 순조로운 발전이었다. 그러다 2011년 겨울, 달리다가 무릎에 시큰함을 느꼈다. 추운 날씨에 준비 운동이 덜 돼서 그런 건가 하고 잠깐 멈춰서 스트레칭을 하고 체온도 좀 끌어올린 이후 다시 달리는데, 또 무릎이 시큰했다. 처음 느끼는 통증에 덜컥 겁이 났고 본능적으로 그만 달려야 한다는 생각에 달리기를 멈췄다.

며칠 후 병원에 가보니 '퇴행성 관절염'의 초기 증상이라고 했다. 의사는 이렇게 권고했다.

"하체에 근력이 제대로 갖춰져 있지 않은 상태에서 달리기를 하다보니 발생한 결과입니다. 적절한 근력 운동과 스트레칭을 충분히 할 것을 권합니다."

그때 내 나이는 30대 중반이었는데 이게 무슨 청천벽력 같은 소리란 말인가! 퇴행성 관절염이라니!

내가 많은 운동 중에서 달리기를 선택한 이유는 대학 시절 읽었던 한 권의 책 때문이었다. 『나는 달린다』라는 책이었는데 저자 '요쉬카 피셔'는 독일 녹색당의 수장으로 독일 정부에서 환경부 장관과 외무부 장관을 역임했던 사람이다. 뚱뚱했던 그가 절망에 빠져있던 중, '달리기'를 통해 자기 개조에 성공한 이야기를 담은 책인데, 대학에서 독일어를 전공하던 시절 국내 베스트셀러에 올랐던 책이라 왠지 모를 연대감과 함께 읽었던 책이다. 그의 '달리기'는 국내에서도 화제가 됐고, 2000년 방한 당시 그가 달린 남산길도 조거들에게 인기였다.

그는 인생의 운동으로 '달리기'를 선택한 이유를 거창한 준비 없이 '그냥 시작할 수 있기 때문'이라고 했다. 그 말을 따

라 1년이 넘는 시간을 투자했는데 이런 일이 발생할 거라고
는 상상도 못 했다. 나는 정형외과에서 진단을 받은 그날부로
달리기를 멈췄다.

그리고 2012년, 근력 운동과 스트레칭을 해야 한다는 생각
을 안 한 것은 아니지만 몸이 따라주지 않았다. 일을 하고 집
으로 돌아오면 잠자기 바빴다. 언젠가 운동을 해야지 해야지
생각만 하다가 1년 가까운 시간이 지났고, 내 몸은 점점 비대
해졌다.

'그래. 살을 빼자.'

2013년은 내가 서른아홉이 되는 해였다. 30대의 마지막 해
를 날씬한 몸으로 보내자는 의미도 있고 또 그게 내가 할 수 있
는 최상의 준비라고 생각했다. 만약 운동으로 다리 근력이 강
화되면 다시 달릴 수도 있겠다는 생각도 들었다.

2012년 12월 30일에 동네 헬스클럽에 가서 면담을 하고 PT
를 하기로 했다. 10회 정도면 한두 번 나가고 안 나갈 것 같아
서 한번에 30회 PT를 끊고, 해가 바뀐 1월 2일부터 바로 트레
이너와 운동을 시작했다. 트레이너와 함께 하는 운동은 초반에
는 1주일 3회씩, 개인 운동은 매일 헬스클럽에 나가서 한 시간
에서 한 시간 반씩 근력과 유산소 운동을 빼먹지 않았다.

식단도 조절했다. 트레이너는 내가 직장인인 것을 감안해서 딱 세 가지의 원칙을 수립해 줬고 나는 그 원칙을 철저하게 따랐다.

밥은 반 공기.
국물 안 먹기.
금주.

첫 한 달은 몸무게에 거의 변화가 없었다. 매일매일 체중계에 올라갔는데 어떤 날은 83kg이 찍혀서 기분이 좋다가도 어느 날에는 다시 85kg으로 돌아가 있었다. 트레이너가 나를 다그쳤다.

"이럴 때 포기하면 안 됩니다. 전신에 근육이 만들어져야 이후에 그 근육이 지방을 태웁니다. 자동차 생각하세요. 배기량이 높은 자동차가 기름을 많이 먹는 것과 같은 원리예요. 근육이 많으면 배기량이 커지는 겁니다."

2월 초에 1~2kg쯤 감량이 됐는데 그 달에는 다이어트 계획에 큰 고비가 있었다. 연례행사 중 하나인 일본 오키나와 스프링캠프 취재가 기다리고 있던 것이다.

트레이너는 나에게 튜빙밴드를 챙겨주면서 밴드를 활용한

운동법을 알려줬다.

"운동 거르지 마세요. 식단 못 지키거나 혹시 술 드실 일이 있으면 한두 잔으로 끝내고, 드시고 나서 최소 두 시간 후에 자야 합니다."

정말 신기한 일은 오키나와 스프링캠프 기간 중에 일어났다. 오키나와에서 몸무게가 하루가 다르게 쭉쭉 빠진 것이다.

가기 전에 82kg 정도였던 몸무게가 다녀오니 75kg이 됐다. 아내는 '더 빼면 얼굴 쪼글쪼글해 보일 것 같다'면서 이제 살은 그만 뺄 것을 권유했다. 나는 딱 70kg까지만 만들고 살을 그만 빼겠다고 아내에게 선언했다.

그런데 3월 초에 정말 몸무게가 72kg이 되자 화면에 내 얼굴이 쪼글쪼글하게, 좀 나쁘게 말하면 '아파 보이게' 나왔다. 나는 체중 감량을 멈추기로 했다.

나의 '중요한 프로그램 방송 준비'였던 다이어트는 13kg가량의 체중 감량으로 마무리됐다.

정작 그 '중요한 프로그램'은 나에게 오지 않았다. 이에 대한 실망이 아예 없었다고 한다면 거짓말이겠지만, 심리적인 타격이나 동요는 거의 없었다. 다이어트 수단이었던 '운동'을 하면서 신체 운동이 정신적인 스트레스도 풀어줄 수 있다는 것을 깨달았기 때문이다. 나는 운동을 계속했고, 트레이너가 권유했던 식단 관리도 꾸준히 하면서 몸무게 유지에 신경을 썼다.

어느 정도 감량을 하고, 또 근력 향상을 위한 대략적인 몸의 움직임을 알게 된 이후 나는 다양한 운동을 찾기 시작했다. PT를 계속할 수는 없었다. 단순한 이유다. 월급쟁이가 꾸준히 PT를 받기에는 1회에 기본 5만 원 이상인 PT는 '비쌌다.'

그때 내 눈에 들어온 것이 '크로스핏'이다. 운 좋게 집 근처에 유명한 크로스핏 박스(크로스핏 세계에서는 체육관을 이렇게 칭한다)가 있어 그곳에 가보기로 했다. 출퇴근 시간에 박스 주변을 지나며 가끔 그곳에서 나온 사람들이 박스 근처를 뛰는 것을 보면서 '저기서는 대체 무슨 운동을 하는 걸까?' 궁금하던 차였다.

그렇게 들른 그곳은 신세계였다. 다른 신세계가 아닌 '고통의 신세계'.

그때까지 내가 알던 체중 감량을 위한 운동은 이 세계에서는 매우 기초적인 '어린아이의 몸짓'에 불과했다.

크로스핏의 목적은 매일매일 WOD(Workout Of the Day, 오늘의 운동)를 수행하는 것이다. 준비 단계를 거쳐 WOD를 수행하고, 그 결과를 놓고 서로 경쟁을 했다.

'와드'는 보통 3~5개 사이의 동작을 복합적으로 구성하는
데, 운동 시간만 놓고 보면 그리 길지 않다. 짧은 와드는 7~8
분 짜리도 있었고, 아주 길어야 20분 가량이다. 그 나머지 시
간은 와드의 수행을 위한 준비 운동과 와드의 본운동 동작을
배우는 시간이었다.

처음에는 너무 힘들어서 적응이 쉽지 않았다. 다른 표현이
떠오르지 않는다. 너무 힘들었다. 너무너무. 그런 과정을 거
치면서 차차 적응이 되고는 통상적인 10분 안팎의 와드를 하
면서 고통의 극한을 맛보다가 운동이 끝나면 느낄 수 있는 성
취감과 개운함도 점점 커졌다. 이런 것도 카타르시스라고 할
수 있을까?

한참 그렇게 크로스핏에 재미를 붙여가고 있을 때 거대한
장벽이 하나 나타났다. 그건 바로 '턱걸이'.

크로스핏에는 턱걸이에도 여러 종류 — 스트릭트 풀업, 네
거티브 풀업, 키핑 풀업 등 — 가 있었고, 이 턱걸이를 소화해
야 다음 단계(머슬업, 체조의 차오르기 동작으로 상반신 전체가 봉을 넘어
가는 운동)로 나아갈 수 있었다. 그런데 턱걸이 한 개가 안 되니
뭔가 제동이 걸리는 느낌이었다.

2014년에 회사를 옮기고 나서 본격적으로 턱걸이에 집중하기 시작했다. 인터넷으로 턱걸이하는 방법을 검색해보니 방법이 무척 다양했다. 매달리기 1분부터 시작하라는 사람도 있고, 올라가서 버티는 동작부터 하라고도 했다. 누군가는 강력한 숄더 패킹(견갑 고정 동작)을 먼저 훈련하라고 했다. 다른 누군가는 팔의 근력을 키우라고 했고, 또 어떤 이는 다양한 등근육 운동을 하면서 몸무게를 줄이면 자연스럽게 올라갈 수 있다고 말했다.

그래서 저 모든 방법을 참고하지 않기로 했다. 그냥 낑낑거리면서 철봉에 매달리고 힘을 줬다. 그렇게 두어 달이 지났는데도 여전히 턱걸이 한 개가 안 됐다.

그러다가 동네 헬스 트레이너가 '밴드'를 써보라는 조언을 해 인터넷으로 '풀업 밴드'를 샀다.

'밴드를 끼우고 10개씩 3세트를 할 수 있으면 턱걸이가 될 거예요.'

이게 말이 되나?

솔직히 의심이 됐지만 해보기로 했다. 혼자 백 날 낑낑거리는 것보다 뭔가의 도움을 받아서라도 봉을 넘어가는 것이 중요해 보이기도 했다.

얼마나 걸렸을까? 더운 여름의 어느 날이라는 것만 기억한다. 밴드를 끼우고 10개 이상 3세트의 턱걸이가 몸에 어느 정도 익었을 때였다.

'이제 한 번 밴드를 빼고 해볼까?'

하고 맨몸으로 철봉에 매달렸다. 놀랍게도 너무 쉽게 몸이 슥 하고 위로 올라갔다. 한번 그렇게 성공하니 기분이 너무 좋았다. 계속 당겨보자 계속 몸이 올라갔다. 그렇게 처음 성공했을 때 다섯 개를 한 번에 했다.

한 번 올라가니 본격적으로 턱걸이에 재미가 붙었고, 그때부터는 턱걸이 개수 늘리기에 집중했다. 그렇게 코로나 시대가 오기 전까지 한 번에 20개가량의 턱걸이를 할 수 있게 됐다.

중간중간 크로스핏 박스에도 나갔다.

전에 없던 새로운 재미를 느끼면서 운동을 했다.

박스에 군이 나가지 않더라도 풀업이 가능하니 인터넷에서 풀업이 포함된 WOD를 다운받아 헬스클럽에서도 수행했다.

가장 좋아하고 즐겨한 와드는 CINDY다. 풀업 5개, 푸시업 10개, 스쿼트 15개를 한 세트로 묶어서 20분 안에 몇 세트를 수행하는지로 경쟁하는 프로그램이었다. 처음 했을 때는 20분 동안 8세트 정도만 해도 숨을 헐떡였는데, 하다 보니까 늘어서 2020년 초에는 20분 동안 21세트까지 수행할 수 있었다.

2017년 즈음에는 무게를 드는 것에 관심이 갔다.

데드리프트, 스쿼트, 벤치프레스 등 리프팅을 대표하는 운동을 합쳐서 '3대'라고 하는데, 이 3대 운동을 반 년 정도 하면서 일반인이 할 수 있는 적당한 수준의 무게를 들 수 있게 됐다. 1회 기준 최대 무게로 데드리프트 140kg, 스쿼트 120kg, 벤치 90kg을 들었다. 자랑할 만한 무게는 아니지만 그렇다고 아무나 할 수 있는 무게도 아닌 정도의, 리프팅 맛보기 무게라고 보면 되겠다.

이렇게 40대가 되어서 다양한 운동을 하면서 천만다행이었던 점은 다치지 않았다는 점이다. 그 덕분에 건강도 유지하면서 활력 넘치는 40대를 살 수 있었던 것 같다. 적어도 코로나가 오기 전까지는 말이다.

코로나 시기에는 마스크 착용 등으로 인해 실내에서 가쁜 호흡 위주의 운동을 하던 나로서는 답답할 수밖에 없었다. 그때부터 시작한 운동이 골프다. 골프에 대한 이야기는 코칭을 비롯해서 할 말이 많다. 그러니 뒤에 따로 이야기하도록 하고.

그 즈음 접해 지금까지 쭉 하고 있는 운동이 있다. 기능성 운동이다.

국내에는 F45(프사오)라는 브랜드의, 호주에서 온 운동이 가장 널리 퍼져있다. 크로스핏과 비슷한데 훨씬 더 다양한 운동을 긴 시간 동안(기본 45분) 인터벌 트레이닝의 개념으로 수행하게 된다. 내 SNS에는 주로 이 운동이 많이 올라와 있다.

코로나 동안 근력 운동을 많이 하지 못하면서 턱걸이 개수나 드는 무게가 이전에는 미치지 못하게 됐지만, 기능성 운동을 통해서 부족함을 보완하고 있다. 상대적으로 긴 시간 동안 인터벌에 기반한 격렬한 움직임으로 칼로리를 태우는 것. 사람들은 이걸 '순한 맛 크로스핏'이라고도 부른다는데 제대로 처음부터 끝까지 따라 하면 결코 순하지 않다. 특히 생활 체력 향상에 있어서는 크로스핏 이상이라고 생각한다.

골프와 기능성 운동. 이 두 가지로 50대 초반도 건강하게 보내고 있다. 2026년에는 하이록스(Hyrox, 독일에서 시작된 러닝 기반 복합 운동)에도 도전하려고 한다. 5월 대회 출전을 목표로 이전보다 운동 강도를 높이고 있다.

"자네 내년에 중요한 프로그램을 맡게 될 거야. 준비를 단단히 하도록 해."

임원의 말 한마디로 방송 한번 잘 해보겠다고, 화면에 잘 나와보겠다고 시작한 운동이다. 그것이 이제는 나에게서 따로 떼어놓을 수 없는 큰 부분이 됐다.

'좀 일찍 운동을 시작할 걸.' '왜 내가 어릴 때는 사람들이 자기 몸에 관심을 안 가졌을까?' 이런 생각도 가끔 하지만, 이제라도 관심을 가져서 다행이다. 앞으로 죽을 때까지 열심히 움직일 작정이다. 남을 위하는 것도 아니고 다 나를 위한 일이니.

좌충우돌
골프 인생

LIVE

뒤늦게 골프를 시작했다. 40대 후반에 시작했으니 늦어도 너무 늦었다.

그래도 몸에는 자신이 있었고, 시키는 대로 움직이는 것도 잘하니 금방 늘 거라고 생각했다.

솔직히 이런 마음도 조금은 있던 게 사실이다.

'혹시 골프에 천재적인 재능이 숨겨져 있지 않을까?'

아니더라.

골프를 시작한 지 2년 남짓, 나는 그냥 평범한 '백돌이 주말 골퍼'(사정상 주말에 치러가지는 못하지만 널리 쓰는 대로)가 됐다.

내가 30대와 40대 중반까지 골프를 치지 않았던 데에는 나름의 이유가 있었다.

내가 골프를 친다고 알려지면 골프라는 스포츠 때문에 여기저기 끌려다닐 것이라 생각했다.

예를 들어, 서울 이외 지역에 출장을 가면 현지 사람들과 골프를 치러 다닌다거나, 함께 중계 가는 사람들과 골프를 치러 다니거나 하는 경우가 자주 발생하지 않을까 하는 우려 때문에 골프를 치지 않았다. 중계방송이라는 내 업무에 방해가 될까 말이다. 지금 돌아보면 세상에서 가장 멍청한 생각이었다. 직접 쳐보니까 그런 일은 한 번도 벌어지지 않았다. 골프라는 게 내가 치고 싶으면 치고, 안 치고 싶으면 안 쳐도 되는 것이었다.

지금은 골프를 일찍 시작하지 않은 것을 후회하고 있다. 먼저 시작한 친구들과 라운드를 돌면, 구력에 따른 명확한 기량 차이가 드러난다. 특히 홀에 가까이 갈수록 말이다.

명확하게 골프에서 배운 것도 많다. 나는 골프를 통해 야구를 배울 수 있었다. 진짜다. 그것도 한 가지가 아닌 여러 방면에 있어서 말이다.

처음 골프를 시작했을 때 동네 실내 레슨장에서 미들 아이언과 드라이버 스윙을 배웠다. 아무래도 내 나이를 고려했을 테고, 레슨 프로의 성향도 있었을 것이다. 그는 매우 정석으로 스윙법을 가르쳤다. 테이크어웨이 이후 손목 코킹과 동시에 팔을 지면과 평행한 수준까지 들어올린 후 바로 내리치는 것. 그러면서 항상 강조했다.

"욕심을 버리고, 백스윙 짧게."

이게 핵심이었다.

실제로 그가 가르쳐준 골프 스윙은 매우 잘 됐다. 함께 나가는 사람마다 다들 '초보자치고는 잘 친다.'고 했다. 100도 비교적 수월하게 깼다. 그런데, 문제는 그 이후 내가 쳐야 할 클럽들이 늘어나면서부터 발생했다.

미들 아이언과 드라이버 그리고 웨지만 가지고 칠 때는 '골프, 칠만한데? 이게 뭐가 그렇게 어렵다는 거야?'라고 생각했다. 그런데 이 생각이 모든 것을 망치기 시작했다. 홀까지 남은 거리를 생각했을 때, 내가 처리하지 못하는 거리가 있었던 거다.

160m부터 200m 사이의 거리를 처리하기 위해서는 롱 아이언이나 우드, 혹은 유틸리티를 써야 했는데, 나는 아직 그 클럽들을 사용하는 방법을 몰랐다.

나를 가르친 레슨 프로는 아직 '우드는 잡지 말라'고 했다. 욕심을 버리라고 하면서 지금의 나는 200m가 남았으면 150m를 한 번 치고, 50m를 한 번 치는 방식으로 끊어가도 아무 상관이 없다고 했다.

그 말은 내 귀에 들어오지 않았다.

그냥 빨리 200m를 치는 방법을 알고 싶었고, 연습장에 우드와 유틸리티를 들고 가서 독학으로 긴 채를 치는 방법을 연습했다. 몇 번 해보니 칠 수 있을 것 같았다. 긴 클럽들을 조금씩 칠 수 있게 되면서 슬슬 내 첫 레슨 프로와 작별을 했다. 치지 말라는 것을 치니까 왠지 마음속이 찔리고 켕겼던 것도 있다.

문제는 칠 수 없던 거리를 치게 된 시점부터 스윙이 점점 커졌다는 것이다. 잘 치던 다른 클럽들도 정확하게 안 맞기 시작했다. 다른 레슨 프로를 만나서 레슨도 받았는데 그가 옆에서 지켜볼 때는 잘 되다가도 나 혼자 동작을 수행하면 잘 되지 않았다. 그래도 꾸역꾸역 발전은 하고 있었다.

2년 전 겨울에는 두 달에 걸쳐서 전체적인 비거리를 늘렸다. 실내에서 실컷 거리를 늘리고 봄이 돼서 처음 필드에 나갔는데 첫 두 홀 정도 수월하고, 이후에는 전혀 안 됐다. 멘탈이 흔들렸다. 과거의 내가 더 절망적이었던 것은 지난 두 달 동안 동작을 수정하면서 내 비거리를 늘려준 레슨 프로가 그즈음 연습장을 그만둔 것이다. 이때 정말 큰 슬럼프가 왔다.

어떻게 쳤는지 기억하려 해도 기억이 나지 않았다. 그때 쳤던 영상을 아무리 봐도 동작과 느낌이 떠오르지 않았다. 이전보다 전체적인 비거리는 더 줄었고, 다 잘되지 않았다.

그렇게 1년을 헤맸다.

처음 배웠던 프로에게 되돌아가야 하나 하는 생각도 했는데 그건 내 자존심이 허락하지 않았다. 유튜브의 유명한 프로들 레슨도 보고 다 따라 해봤는데 독학으로 되는 건 거의 없었다.

그렇게 답답해하던 어느 날, SBS Golf 나상현 프로의 조언이 떠올랐다. 2023 KG 레이디스 오픈을 함께 중계방송할 때, 전날 답사 라운드를 하며 매번 공과 싸우는 나를 보면서 알려준 방법이었다.

"어드레스를 잘 잡고, 백스윙을 잘 올리고 나서 골반부터 리드해서 몸통을 회전하면 공은 자동으로 맞아요."

이것도 안 되고, 저것도 해봤는데 안 되는 내 입장에서, 다른 방법으로 스윙 몇 번 더 해본다고 손해 볼 건 없었다.

솔직하게 말해서 처음 들었을 때는 잘 믿기지 않았다.

'공이 어떻게 자동으로 맞아?'

도무지 말이 안 됐다. 그런데.

"빡!"

됐다.

어? 진짜 이게 된다!

한 번 더 해봤다.

"빡!"

소름이 돋았다. 이게 되다니.

나는 이후 내 골프 스윙의 방향을 잡았다.

이 방법을 조언해준 나상현 위원을 몇 번 더 찾아가서 어드레스와 백스윙 자세를 조금 더 정확하게 잡았고, 현재는 모든 클럽에 이 스윙 방법을 적용하는 중이다.

골프가 쉽게 될 리는 없다. 어느 날은 잘됐다가 어느 날은 죽어도 안 맞는다.

특히 드라이버는 하루 한 시간 연습하면 5분 정도 감이 왔다가 금방 떠난다.

지금까지 이렇게 별로 궁금하지도 않을 나의 3년간의 골프 좌충우돌 일지를 세세하게 이야기한 이유는 내가 골프 덕분에 중요한 것을 알게 됐기 때문이다. 나는 골프 덕분에 좋은 코치와 나쁜 코치 사이에 어떤 차이가 있는지, 어떤 코치가 좋은 코치인지를 알게 됐다. 또 욕심이 어떤 영향을 끼치는지도 깨달았다.

골프를 통해 깨달은 두 가지

지난 3년 동안 골프를 치면서 꽤 많은 레슨 프로를 만났다. 다행이었던 점은 좋은 레슨 프로와 나쁜 레슨 프로를 어지간하면 첫 만남에서 구분할 수 있었다는 것이다.

나쁜 레슨 프로는 공통점이 있었다. 그들은 보통 내가 해온 모든 것을 부정했다.

"그렇게 치면 안 되고요."

이게 내가 치는 것을 본 나쁜 레슨 프로들의 일반적인 첫마디였다.

스윙 보고 싶다면서 굳이 7번 아이언을 치게 했는데, 그 7번 아이언으로 못 치지도 않았고, 뻔히 타구들이 잘 나가고 있는데도 '그렇게 치면 안 된다'고 했다. 그러면서 동작을 고쳤다.

"그렇게 치면 부상 당해요."

아직 오지 않은 부상을 미리 단정하고 본인 방식으로 내 자세를 바꾸는 것도 나쁜 코치들의 공통점이다. 나는 지금까지 골프를 치면서 다치거나 아픈 적이 한 번도 없는데 나처럼 치면 다친다고 하면서 이것저것 건드렸다. 물론 그 프로와 다음 만남은 없었고 나는 자연스레 치던 대로 치고 있다.

스포츠계에는 오지 않은 부상을 염려하면서 다른 이의 운동 방식을 폄하하는 부류가 있다. 이런 코치들은 종목을 막론하고 추천하지 않는다.

"크로스핏하면 부상당해요."

"역도하면 부상당해요."

"파워리프팅하면 부상당해요."

운동을 조금이라도 해보신 분들은 많이 들어본 레퍼토리일 것이다. 하지만 부상은 걷다가도 당한다. 어떤 운동이든 부상의 위험은 다 있다. 그런데 본인이 하고 있는 운동만 좋다고 하면서 다른 운동을 깎아내리는 부류는 운동을 제대로 이해하지 못하고 있는 사람들이다.

나는 다행히 아직까지 어떤 운동을 하건 부상을 당하지 않았다.

"제가 외국에서 스윙을 배웠는데 몸통으로 스윙을 하는 사람은 한 명도 없어요. 이건 해당일의 컨디션에 따라 편차가 너무 클 수밖에 없어요."

이런 식으로 미지의 권위에 기대어 본인의 말이 맞다고 강조하기도 한다.

얼마 전 만난 한 프로는 그의 '해외 경험'을 근거로 '손'을 활용할 것을 강조했다. 물론 나는 그의 말을 듣지 않았다.

그의 말이 틀린 것은 아니다. 몸통을 이용한 회전의 대척점에 있기는 하지만, 스윙에서 팔과 손을 강조하는 부류도 분명히 있다. 하지만 나는 손으로 공을 치려다가 지난 2년을 헤맸기 때문에, 지금의 몸통 스윙이 벽에 부딪히면 그때나 그 방법을 써보려고 한다.

내 과정을 모두 부정하고, 당하지 않은 부상을 미리 가정하고, 미지의 권위에 기대서 본인 마음대로 끌고 가려고 하는 것. 놀랍게도 위 사항들은 야구장의 나쁜 코치들도 오랫동안 해왔던 일이다.

아마추어 때 잘해서 프로에 지명받은 선수에게 모두 틀렸다며 송구, 타격 등의 기본 동작을 처음부터 다 뜯어고치는 일이 매우 흔했다.

시속 155km를 던지는 최고의 유망주에게 오지도 않은 부상을 언급하면서 동작을 전면 수정하게 했다. 이후 부상이 왔다. 구단 윗선에는 바꾼 동작 때문이 아니라, 오랜 기간 잘못된 동작으로 던졌기 때문에 부상이 왔다고 했다.

본인이 야구를 하던 시대의 이론으로, 본인이 통했을 때를 생각하며, 본인이 현역이던 시절의 이론을 강조하는 경우도 매우 흔했다.

좋은 레슨 프로나 야구 코치는 우선 고압적이지 않다. 먼저 스윙을 칭찬하면서 소통을 시작한다.

"스윙 좋아요."

그들의 공통적인 첫마디다. 그들은 지금 가진 기본적인 동작에서 좋은 점을 찾고, 그걸 강화할 방법을 찾는다. 그래서 대부분 두 번째 말은 이게 된다.

"그런데 딱 하나만 생각해 보면 더 좋을 것 같아요."

생각이란 매우 중요하다. 인간은 행위 이전에 분명 생각을 하기 때문이다.

본인의 생각이 바뀌지 않으면 행위는 따라오지 않는다. 이것은 매우 진리에 가깝다.

좋은 코치는 선수를 변화시키지 않으며, 변화를 유도한다.

내가 직접 겪기 전까지 몰랐던 걸 직접 경험하면서 알게 됐다.

결정적으로 욕심의 결과는 재앙이라는 것도 골프 덕분에 알게 됐다. 난 분명 배운 범위 안에서는 괜찮은 골퍼였다. 그런데 모자란 거리를 맞추려고 욕심을 부리다가 거의 2년에 가까운 정체기를 겪게 됐다. 이를 야구에 대입해 보면 이렇다.

안타를 잘 치는 A라는 타자가 있다. 그에게 3할 타율에 4할에 가까운 출루율은 프로 생활 내내 따라오는 성적표였다. 유일한 단점은 그가 장타를 자주 보여주지 못하는 타자였다는 점이었다. FA 시장에서는 똑딱이(단타 위주) 타자보다는 장타자가 훨씬 더 큰 가치를 인정받아 왔기 때문에 A는 몸값을 높이기 위해 장타를 치는 타자로 변모하기로 마음먹는다. FA를 앞둔 시즌에 몸을 키우고, 스윙의 궤도를 바꿨다. 결과는 처참했다. 타율은 떨어졌고, 장타도 원하는 만큼 나오지 않았다. 결국 그는 이것도 저것도 아닌 어중간한 타자가 됐고, 평년작 수준의 성적으로 스토브리그에서 소속팀에 끌려다니면서, 그저 그런 FA 계약을 할 수밖에 없었다.

지금 위의 글을 읽은 야구 팬이라면 가상의 선수 A에 대입할 선수가 최소 한두 명은 떠올랐을 것이다. 투수로 바꿔도 똑같다. 제구력이 좋아서 팀의 4선발 역할을 하던 B가 갑자기 구속을 끌어올린다면서 몸을 키웠는데, 실제 구속에는 큰 차이가 나지 않으면서 오히려 투구 내용이 나빠진 경우 말이다.

물론 선수는 발전해야 하고, 욕심을 부리는 것은 좋은 일이다. 하지만 중요한 점은 그것이 자신이 해낼 수 있는 범위 안에 있는지 아닌지를 판단해야만 한다는 것이다. 안 되는 것에 대해서는 반드시 객관적으로 판단할 수 있어야 한다. 그래서 코치와 선수의 적절한 협응이 중요한 것이다.

골프는 또 내게 스포츠가 어렵다는 것을 알려줬다.

스포츠가 어렵다는 것을 깨닫기 위해서는 내가 직접 몸을 움직여봐야 한다. 어떤 운동이든 직접 해봐야 스포츠가 어렵다는 것을 안다.

얼마 전, 깜짝 놀랄 영상을 봤다. 한 인강 강사가 한 이야기였다.

"투수들 매일 던지잖아요. 그게 직업이잖아요. 그런데 왜 네모 안으로 스트라이크를 못 던져요?"

이건 투수가 던지는 것이 그냥 '던지기'라고 생각해서 그런 것이다. 본인이 직접 타자에게 던지는 '피칭(Pitching)'을 해보지 않았기 때문에 저런 말을, 많은 사람을 대상으로 용감하게 할 수 있는 것이다. 만약 당신이 평균적인 성인이라면, 몇 번만 해보면 18.44m의 거리에서 145g의 야구공을 원하는 곳으로 던질 수는 있을 것이다. 이것이 던지기(Throwing)다. 하지만 아마 그 공의 속력은 대략 시속 50~70km 안팎일 것이다.

그러나 야구공을 타자가 치기 어려운 수준의 속도로 피칭(Pitching)할 수는 없을 것이다. 피칭은 가장 느려도 대략 시속 100km 언저리(커브볼), 가장 빠르면 시속 160km 안팎(포심)을 기록하는데, 일반인이라면 한 번만 던져 봐도 불가능하다는 것을 알 수 있다. 그리고 매일 해도 안 되는 이유에 대해서도 어렴풋 짐작할 수 있을 것이다.

2025년 마스터즈를 품에 안으면서 드디어 그랜드 슬램을 달성한 프로골퍼 로리 매킬로이는 타이거 우즈 이후 우리나라에서 대중적으로 가장 인기가 많은 골퍼 중 한 명이다. 그 인기의 이유 중 하나는 그의 사이즈이다.

그는 대한민국 성인의 평균 신장과 비슷한 175cm의 단신(물론 PGA의 프로 골프 선수 중에서)으로 드라이버 비거리가 무려 300m에 이른다. 그가 장타로 PGA를 정복해 나가는 것을 보면서 자기 자신과 비슷한 신체 조건을 가진 선수가 장타를 뻥뻥 날리는 것에 대리만족을 느끼는 사람들도 많다.

실제로 로리 매킬로이의 장타 비결과 관련한 동영상은 국내 골퍼들에게 인기 콘텐츠 중 하나다. 그의 스윙을 해석하는 우리나라의 레슨 프로들도 언제나 로리의 신체 조건이 동양인과 비슷하다는 것을 강조하고는 한다. 그래서 우리도 그의 동작을 따라 하면 상당한 비거리를 낼 수 있다는 논리를 편다.

나도 여타 아마추어 골퍼와 마찬가지로 그런 분석을 그럴듯하게 생각해 많이 따라 한 적이 있었다. 당연하게도 안 됐다. 스윙 폼이 더 망가졌다.

사실 나도 비슷한 논리를 폈던 적이 있다. 지난 WBC에서 우리 투수진이 자신의 구위를 믿지 못하면서 도망다니는 피칭을 보여줬을 때, 특히 우리보다 평균적으로 신체가 작은 일본 투수진에 비해 약한 공을 던지는 모습을 보면서 '왜 우리는 더 좋은 신체 조건과 힘을 가지고 있으면서도 일본의 투수들과 비교해서 약한 공을 던질까?'라는 생각을 했다.

이게 잘못된 생각이라는 걸 어느 일본 지도자와의 대화를 통해, 또 내가 직접 골프라는 스포츠를 체험하면서 알았다.

2024년 스프링캠프에서 나는 당시 야쿠르의 감독, 다카스 신고와 이야기를 나눌 기회가 있었다. WBC에서 양국 간의 벌어진 투수력 격차에 충격을 받았던 나는 그에게 일본 선수들이 한국 선수들보다 작은 신체 조건으로도 강속구를 던질 수 있는 이유에 대해서 질문했다. KBO 리그의 히어로즈에서도 선수 생활을 했던 그는 이렇게 답했다.

"사실, 한국이나 일본이나 선수들은 똑같은 훈련과 준비를 하고 경기를 치릅니다. 일본이라고 스프링캠프나 경기 전 훈련이 특별할 것이 없고요. 매일매일 똑같습니다. 그런데도 일본의 투수력이 낫다, 글쎄요. 야마모토(LA 다저스, 2025 월드시리즈 MVP)나 아마나가(시카고 컵스, MLB 진출 이후 2년간 24승 11패 3.28 ERA) 같은 단신의 선수들이 던지는 걸 보면 저도 저 친구들이 어떻게 저런 공을 던지는지 이해가 잘 안 되거든요."

그리고 잠깐 생각하던 그는 이렇게 말했다.

"아마 우리(일본)가 한국보다 훨씬 선수가 많아서 그런 것 아닐까요? 숫자가 많다보니 잘하는 선수들이 튀어나오는 경우가 더 많은 것이 아닐까? 야마모토나 이마나가는 누가 그 선수들에게 뭘 특별하게 가르친 게 아니예요."

이걸 다시 골프 이야기로 정리해보면 이렇게 말할 수 있다. 정우영과 로리 매킬로이는 거의 같은 신체 조건을 가지고 있지만 드라이브 비거리가 다르다. 정우영은 정우영이고 로리는 로리이기 때문이다.

　어떤 운동이건 간에 해보기를 권한다.

　나는 골프를 예로 들었지만 어떤 종목이건 괜찮다. 모든 스포츠는 연결되니까 말이다.

　그러면서 이 일이 얼마나 어려운 일인지 느껴봤으면 좋겠다.

　그래야 선수들에 대한 존중과 이해가 생길 수 있을 것이다.

　"난 그냥 내 몸을 안 움직이고 계속 이해 안 하면서 내가 원하는 대로 못 하는 선수들 비난할 거야!"

　물론 이런 선택도 있을 수 있다.

　그거야 개인의 자유니까.

회사원 아나운서로
살아간다는 것

처음부터 지금까지 내 방송 인생은 행운의 연속이었다.

시작부터가 그랬다. 나는 아무 재주가 없었다. 내가 가진 자격증이라고는 성인의 90% 이상이 소유하고 있는 운전면허증 한 장이 전부이고, 부모님께서 물려주신 '아나운서 같은' 목소리와 '아나운서 같은' 얼굴이 내가 가진 전부다.

대학 시절 계획했던 일들이 하나둘씩 어그러지면서 뭘 해볼까 고민하던 시기에 아나운서라는 직업에 관심을 가지게 됐다. 6개월이라는 짧은 시간이었지만 같은 꿈을 가진 친구들과 함께 공부하면서 어떻게 하면 아나운서가 될 수 있을까를 고민했다.

내가 내린 결론은 남과 다른 자기소개였다. 공들여서 필살기로 귀를 날개처럼 움직이는 자기소개를 만들었다. 몇 차례 아나운서 시험에서 낙방하며 관찰해 보니 면접관들은 내 실제 모습보다 화면 속의 모습을 더 중요하게 보고 있었다. 그 래서 만든 자기소개다. 나는 귀를 남보다 크게 움직일 줄 알 았다.

"저에게는 날개가 있고, 하늘을 날 수 있습니다. 못 믿으시 겠다고요? 보여드리겠습니다."

여기까지 말하고 나는 서서히 까치발을 들면서 귀를 움직 였다. 바스트샷을 잡고 있는 화면상으로는 내가 날아오르는 것 같은 속임수를 준 것이다. 이 소개를 하고 나면 시험장이 웃음바다가 됐다.

당시 아나운서 시험은 대부분 4차까지 진행됐고, 보통 3차 실무 면접에서 자기소개를 했다. 나는 이 자기소개를 세 곳의 방송사에서 했는데 모두 최종 면접까지 갔다. 내게는 이 자기 소개가 최종 면접으로의 보증수표나 다름없었다. 보통 최종 면접에 가면 면접관으로 온 임원진이 내게 꼭 물어봤다.

"자네가 귀 움직였다는 그 지원자인가? 나도 좀 보여줄 수 있나?"

내가 처음 입사했던 MBC ESPN에서도 그랬다. 나는 3차 실무 면접과 4차 최종 임원 면접에서 두 번 귀를 움직였다. 나중에 들은 이야기인데 한 결정권자가 이 자기소개를 그렇 게 좋아했다고 한다. 나는 이렇게 귀 움직이는 재주 하나로 스포츠 전문 아나운서가 됐다.

가진 재주 하나 없는 사람을 아나운서로 만들어 준 회사를 위해서 열심히 살았다.

신입 연봉 2200만 원이라는 좋지 않은 처우였지만 그저 방송을 한다는 것이 좋았고, ESPN이라는 미국 스포츠 방송사의 타이틀이 회사 이름 뒤에 붙어있던 것도 좋았다.

내가 일을 시작했던 때는 토요일도 출근을 하는 주 6일제 근무의 시대였는데, 그냥 주 7일을 나갔다고 생각하면 된다. 참 일을 많이 했다. 선배들은 낮은 연봉을 어떻게든 한 번에 2만 원짜리 방송 수당과 휴일/심야 근무 수당으로 채워주려고 뭐든 일을 많이 시켰다(어차피 일을 할 수 있는 다른 사람이 없기도 했다). 이렇게 일하니까 첫해에 수령액이 3000만 원이 넘었다. 즐거웠다. 이 정도도 충분히 괜찮겠다고 생각했다.

내게는 이명진이라는 훌륭한 캐스터 동기가 있었다. 그는 나보다 정말 빠릿빠릿했고 처음부터 방송도 잘했다. 나는 한 살 동생, 이명진에 비해서 너무 둔했다. 카메라 앞에서 적응도 잘되지 않았고, 플레이에 대한 콜도 한 번에 팍팍 나오지 않았다. 이런 단점을 만회하는 방법은 방송을 많이 하는 것 뿐이라고 믿었다. 닥치는 대로 일했다. 회사에 아나운서 수가 적어서 꾸준히 일은 많았다. 격투기나 해외 축구를 중계방송하던 시절에는 방송 마치고 헛구역질도 참 많이 했다.

대부분의 콘텐츠에 명진이보다 내가 먼저 투입이 됐다. 그 이유를 한 선배는 이렇게 설명했다.

"네가 먼저 기회를 받는 이유는 네가 명진이보다 한 살 형이기 때문이야. 네가 더 잘해서가 아니야."

잘 알고 있었다. 나는 이렇게 먼저 방송에 투입되는 것이 매우 부담됐었다. 정말 방송을 너무 못했으니까. 그럼에도 장유유서의 원칙이 동기의 세계에도 적용이 됐고, 덕분에 메이저리그 중계방송도, 격투기도, 또 프리미어 리그도 명진이보다 먼저 시작했다.

그때마다 행운이 따랐다. 내가 가는 종목마다 시청률과 관심이 폭발했다. 한 시즌의 메이저리그 중계방송 이후, 입식 타격 격투기 K-1과 잉글랜드 프로축구 EPL을 중계방송했는데 거짓말 같은 일들이 벌어졌다. 씨름 천하장사였던 최홍만이 K-1과 계약을 하고, 네덜란드에서 뛰던 박지성과 이영표 선수가 EPL로 이적을 한 것이다. 대중의 관심이 폭발하고, 이전에 기록하지 못했던 시청률이 나왔다. 중계방송을 할 때마다 케이블티비 시청률 기록이 나왔다. 2005년 도쿄 월드 그

랑프리 파이널에서 최홍만과 레미 본야스키의 대결에서 기록한 순간시청률 22.8%는 이후《응답하라》시리즈가 나오고서야 깨졌다. 이런 행운 덕분에 당시 스포츠 캐스터의 일반적인 연차에 걸맞지 않은 인지도를 가지게 됐다. 2006년 초가을부터는 프로야구 중계방송을 하게 됐는데 이후 프로야구의 1차 중흥기가 시작됐다.

사실 나름의 속사정도 있었다. 2004년 메이저리그 디비전 시리즈 중계방송 이후, KBO 리그 야구 중계방송으로 돌아왔던 2006년 초가을까지 2년 동안 나는 야구 중계를 하지 못했다. 실은 야구 중계진에서 잘렸었다.

처음 메이저리그 중계방송을 하던 당시, 나는 피디들과 시청자에게 그리 좋은 인상을 주지는 못했다. 앞서도 이야기했던 것처럼 나는 둔했다. 말투도 콜도 느렸고, 샤우팅에도 한계가 있었다. 내가 판단해봐도 그 시절 나는 인상적인 중계방송을 하지 못했다. 피디들은 내가 야구 중계방송과 맞지 않는다고 판단했고, 그래서 2005년 MBC ESPN이 프로야구 중계방송을 시작했을 때 나는 격투기와 축구를 맡게 된거다.

그때 격투기와 축구를 중계하면서 내 중계방송의 단점을 보완하기 위해서 노력했다. 격투기는 그러기에 매우 적합한 콘텐츠였다. 링 위에는 오로지 둘만 있으니 선수를 혼동할 우려도 없었고, 손동작, 발동작 하나하나에 콜을 해야 하니 온 신경을 화면에 쏟아야 했다. 또 극적인 KO의 순간을 중계할 때는 샤우팅 기량 향상에도 도움을 받았다. 그렇게 2년 가까운 시간을 보내면서 조금은 향상된 중계 기량과 중계 콘텐츠의 높은 시청률에 따라 자연스럽게 얻어진 인지도와 함께 경쟁 콘텐츠인 야구 중계방송에 돌아올 수 있었다.

이렇게 이야기하니 스포츠 방송사에서 야구를 다른 스포츠에 비해 우월하게 인식하고 있는 것인가 생각할 수도 있는데, 딱히 그런 것은 아니다. 야구는 동 시간대에 타 방송사에서도 동일 콘텐츠를 방송하는 경쟁 콘텐츠이기 때문에 캐스터에게도 경쟁력을 요구할 뿐이다. 타 종목도 경쟁력이 중요하기는 하지만, 독점 콘텐츠의 경우는 신예를 키울 수 있는 기회의 장도 된다. 나에게 K-1이 그랬던 것처럼 말이다.

나는 스포츠 방송을 시작하면서 '야구와 축구를 모두 아우를 수 있는 캐스터'를 꿈꿨다. 최종면접에서는 스포츠 캐스터로서의 목표를 '챔피언스리그 결승과 메이저리그 7차전을 모두 중계방송할 수 있는 캐스터'라고 했다.

2006년부터는 실제로 그런 인생을 살았다. 2006년 초가을에 시작한 KBO 리그 중계방송에서 나는 회사의 5선발이었다. 거의 2주에 서너 경기 야구 중계를 했다. 나머지 날에는 다른 일을 했다. 당연히 축구도 중계했다. 평일에는 챔피언스리그를 중계방송하고, 주말에는 야구 출장을 갔다. 그래도 이런 기회를 준 회사에 감사했고 언제나 군소리하지 않고 일했다. 심지어 토요일 EPL 새벽 중계방송 이후 일요일 광주 야구 출장이 잡혀있던 날도 있었다. 꿈은 이뤘지만, 몸은 점점 축나고 있었다.

그 즈음에 매우 충격적인 장면을 목격하게 됐다.

언제나 많은 방송과 업무를 감사하며 살았는데, 나와 비슷한 또래의 해설위원이 불만을 제기한 것이다.

"중계방송 시간대도 안 좋고, 이렇게 많은 방송을 하는데 1회 출연료가 너무 적은 것 아닌가요?"

이 말이 내게는 정말 큰 충격이었다.

'저런 말 해도 괜찮나?' '잘리는 것 아니야?'

아니었다. 그의 요구는 당장은 아니었지만 결국 받아들여졌다.

그때부터 조금은 늦었지만 회사에 뭔가 요구를 하는 것이 나쁘지 않은 방법임을 알게 됐다. 그 요구가 정당하다면 말이다.

내가 변한 것에는 또 한 가지 계기가 있었는데, 사고를 당한 것이다. 그것도 회사 해외연수에서 당한 추락 사고였다. 대략 3m 높이의 난간에서 그대로 머리부터 추락했다. 정신을 잃었다. 깨어나니 병실이었다. 한 선배가 나를 업고 뗏목을 타고 병원에 왔다고 했다. 나중에 그 상황을 다시 들어보니 내가 추락한 곳 1m 옆에 뾰족한 바위가 있었다고 했다. 내가 떨어진 지점이 흙이 많았던 곳이라 다행이었다.

깨어난 후 어느 정도 정신이 들고나서 생각했다. 만약에 내가 바위로 떨어져서 깨어나지 못했다면 내 묘비명에는 뭐라고 적혔을까?

'회사를 위해서 시키는 일 죽어라 하다가 회사 연수 가서 진짜 죽은 아나운서'

이게 처음 든 생각이었다.

그렇다고 내 태도가 극적으로 바뀌지는 않았다. 그래도 이때부터는 힘든 일정에 대해서 힘들다고 말하기 시작했던 것으로 기억한다. 그냥 넙죽넙죽 일을 다 하지는 않았다. 그 덕에 이전처럼 새벽 업무 이후에 또 방송이 잡히는 극단적인 일정은 잡히지 않았다. 회사와의 타협점을 찾은 것이다.

이후 몇 년 동안 야구 중계방송으로 점점 인정을 받았고, 전 직장보다 더 나를 필요로 하는 현재의 직장으로 이직을 하게 됐다. 이직 후 지금까지의 과정은 '스포츠 캐스터 인생 제2장'을 통해 이야기했다.

그 기간 동안 미디어 업계가 요동쳤다.

소셜 미디어와 OTT가 등장해 뉴미디어의 대세로 떠올랐다. 이런 격변의 시기에 뒤처지지 않기 위해서 대학원 공부도 하면서 아둥바둥거렸다. 머릿속에 지식은 조금 쌓였지만 내가 할 수 있는 것은 그 격변에 몸으로 부딪치는 방법뿐이었다.

내가 몸담고 있는 스포츠 채널은 콘텐츠 공급자로서의 가치는 유지하고 있지만, 매체로서의 영향력은 나날이 줄어들고 있다. 이걸 어떻게 지켜내느냐 하는 것이 이 일을 하고 있는 회사원 아나운서로서의 숙제다.

이런 격변의 환경 속에서도 나는 구 미디어의 회사원으로서 내 꿈을 하나하나 이뤄가고 있다. 물론 여기에는 현명한 아내를 만난 덕도 크다. 아내는 나에게 온 프리랜서 제안을 몇 차례 돌려보냈고, 언제나 내게 강조했다.

"야구에 목소리를 남기는 게 제일 중요해."

"그런 제안을 어떻게 야구로 연결할 수 있는지를 먼저 생각해."

아내는 언제나 야구를 중계방송하는 회사원 아나운서로 남아있을 때 내 가치가 가장 높다고 강조한다. 나도 동의한다. 그래서 계속 그 길을 걷고 있다.

비슷한 또래의 많은 아나운서들이 프리랜서의 길을 선택할 때 회사원으로 남아서 활발하게 활동하는 아나운서도 한 명 있는 것. 그게 이 판을 지켜보는 사람들에게 '회사원 아나운서도 괜찮구나.' 또 이런 직업을 꿈꾸게 하는 하나의 길이 되지 않을까 하는 생각도 있다. 회사라고 사람을 무조건 싼 값에 부려 먹기만 하는 조직이 아니고, 나는 이 길만 걸으면서도 조금씩 발전했다. 미디어 업계의 요동에도 모두가 함께 고민하면서 그 문제를 헤쳐나가는 중이다. 그리고 반드시 탈출구는 있을 것이라고 믿고 있다.

비디오가 라디오 스타를 죽인다는 노래가 나온 지 30년이 지났지만, 여전히 라디오는 살아있다. 오히려 뮤직 비디오 스타를 만들어 냈던 엠티비가 문을 닫은 것처럼 지금의 뉴 미디어 환경에도 어떤 변화가 닥쳐올지는 아무도 예측할 수 없다. 또 변화가 오면 함께 극복하면 되고, 또 위기가 찾아오면 넘어서면 된다.

어느덧 내 나이도 50이 넘었고, 내가 회사원 아나운서로 지낼 수 있는 시간은 이제 10년 남짓이다. 이제는 그 기간 동안 일도 일이지만 남아있는 내 회사원 이후의 인생에 대해서도 준비를 해야한다. 그렇다고 딱히 달라질 것은 없다. 빔 벤더스의 영화《퍼펙트 데이즈》의 주인공처럼 매우 단조로운 하루하루가 흘러갈 것이다. 눈을 뜨고, 시청률 표를 확인하고, 운동을 하고, 중계방송을 하고 잠이 드는 그런 하루하루가.

남아있는 10년가량의 회사원 아나운서 생활에서 내 목표는 두 가지다. 하나는 '우리나라에서 손꼽히게 유명한 회사원 되기' 그리고 '정년퇴직'. 이 두 가지 목표는 한 회사의 아나운서로 중계방송을 하는 한 끝까지 잘 해보자는, 나 자신을 위한 다짐이기도 하다.

그렇게 하루하루를 보내다보면 내 남은 회사원 아나운서의 시간도 금방 흘러갈 것이고, 모든 것이 끝나고 나면 그리워질 것이다. 아무리 늦게 잠들어도 시청률 표를 확인하기 위해서 매일 아침 7시 58분만 되면 자동으로 눈이 떠졌던 매일매일의 경쟁이. 환호 가득했던 야구장이.

제게는 아홉 살 터울의 누나가 있었습니다.

항상 저를 지지해주고 제가 아나운서가 되는데

가장 큰 도움을 줬던 누나는 10년 전 원인을 알 수 없는 화재로

세상을 떠났습니다. 비록 화재 원인은 밝히지 못했지만

누나의 숭고한 희생이 있었던 것은 알 수 있었습니다.

이 책을 위대한 어머니였던 제 누나에게 바칩니다.

누나. 고마워. 사랑해.